秋谷 豊
その遍歴と構築

久保木宗一

土曜美術社出版販売

秋谷　豊　その遍歴と構築＊目次

三　追想の秋谷 豊　95

秋谷　豊　その遍歴と構築

一　秋谷先生のこと

秋谷豊先生がフッとこの世を去られてから一年が経った。

秋谷先生には本当に教えていただいた。たくさんかわいがっていただいた。育てていただいた。それは、無償のものだった。この一年間の時の流れのなかで、それらの一つひとつが段々とくっきりしてきて、今でははっきりとわかる。そして今、現在、秋谷先生は私を見守り続けてくれている気がしてならない（としか思えない現象をこの二か月間で私は二度体験しているから。それは後述することにする）。

秋谷先生と生《なま》で触れ合った期間は三十年くらいになる。お会いする以前は、詩で先生を知り、その作品に「四季派の抒情」を根底に持つ秋谷豊という個の確かな抒情を視て強く惹かれていた。

秋谷先生に初めてお会いしたのは、日本現代詩人会の詩祭か総会の懇親会であった。会に入ったばかりの私は、尊敬する先輩詩人たちがそこにいらっしゃるのが嬉《うれ》しくて、どきどきしながらビールを片手に挨拶《あいさつ》してまわった。真っ先に秋谷先生の許に行ったのを憶えている。「ああ、あなたが久保木さん。秋谷です、よろしくお願いします」とおっしゃられた。私は何を話したのかよく憶えていない。ただ「秋谷先生の詩の抒情が好きです」と言ったことだけ憶えている。私は、大きな詩人を前にしてボーッとした状態に上がってしまっていたのだ。その後、安西均さん、斎藤怘さんのところに行った。皆さん、にこにこされて暖かく迎えてくれた。このお三方ともすでに他界されている。淋しい。優れた方がどんどん逝かれてしまう。本当に淋しい。現在《いま》、日本の詩界、文学界の現状に触れるたびに、ああ、この方々がいらしてくれたらさらに良い方向に向けていてくれたのにと思う。無念である。

私は一時《いっとき》、秋谷先生が編集・発行人の「地球」の会員にしていただいたことがある。秋谷先生に懇願して入れていただいたのだ。先生は実に穏やかに「いいですよ」と即答してくださった。一九九三年のことである。そして、「地球」第108号に詩が掲載された。「花刺客」がそれである。新会員のコーナーを特別に設けていただいて、私と伊良波盛男さんの二人だけの詩が載ったのだ。伊良波さんはだいぶ以前から優れた詩を書く方だと認めていたので、この同時掲載は嬉しかった。

　ところがである。会費がきついのだ。その当時、私はまだ子どもが小さくて、それにかかるお金を甘く見ていた。「ちょっと継続できないな」と思って、しばらく苦悩し、苦悶《くもん》し、しかし、こればかりは打解策が見つからず、袋小路に追いこまれて先生にTELした。「そうですか、いいですよ。大変なときですものね。お金にゆとりができたらまたご連絡ください。また入ればいいのですから」。これも実に穏やかなお言葉だった。私は自分を恥じた。いい加減で安易なこの己れが恥ずかしかった。その後、もろもろの事情で結局会員にはならなかったから、私の「地球」会員歴はおよそ一年なのである。しかし、このとき、秋谷豊という人の大きさに触れた。懇願されて入会を認めて、およそ一年後に退会では、私だったらきっ

「地球」108号
平成五（一九九三）年十二月二十日発行。
新同人作品として久保木の詩「花刺客」が載る。

と怒る。先生は実に穏やかな口調で退会を認めてくださり、さらに「ゆとりができたらもう一度お声をかけてください」とおっしゃったのである。再加入をここでもう認めてくれ、待っているとおっしゃる。何と、仏のような方ではないか。私はこの体験を通して「人間とは何であるか」を秋谷豊という個としての人間から教えていただいたのだ。

私は「方位」という綜合文芸雑誌を個人誌として発行している。これは、今までⅦ号まで出ているが、そこに秋谷豊先生の詩を四回連続で掲載させていただいている。

「方位」Ⅳ号（一九九五年刊）に「探検」を、「方位」Ⅴ号（一九九七年刊）に「戦乱1・2」を、「方位」Ⅵ号（二〇〇五年刊）に「冬の海峡」を、「方位」Ⅶ号（二〇〇七年刊）に「帰還」をいただいている。

個人誌というのはすべてが編集・発行人にある。原稿依頼から編集、校正、広告取り、発送、その後のもろもろの処理、そして金の工面と支払いを久保木ひとりでやる。その責任は久保木ひとりで負う。同人誌は責任を同人が分担するが、個人誌はすべてを編集・発行人がひとりで負うので

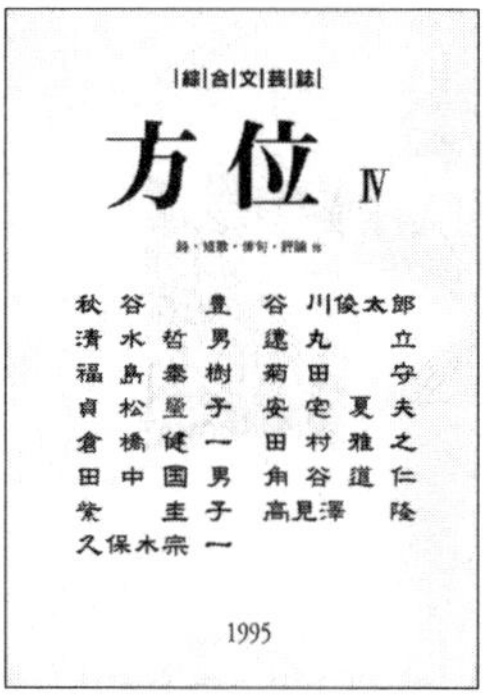

「方位」Ⅳ号
一九九五年八月三十一日発行

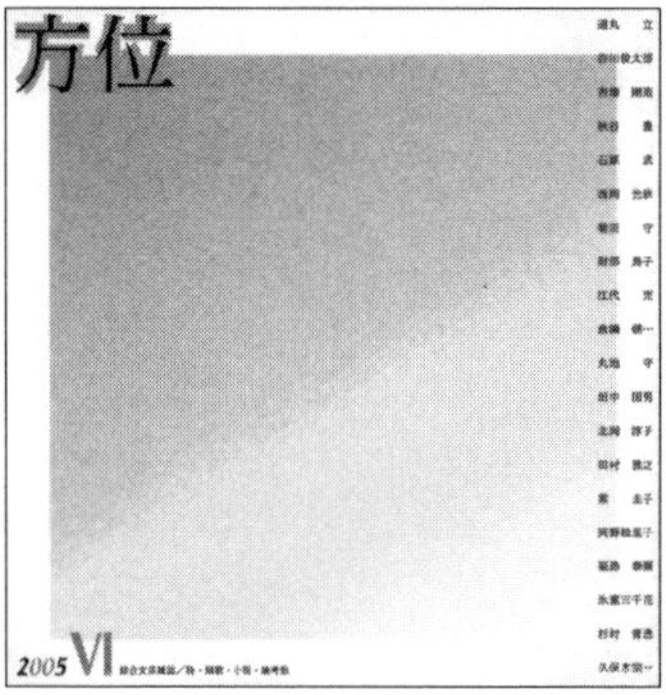

「方位」Ⅵ号
二〇〇五年四月三十日発行

ある。したがって、大変なエネルギーを必要とするのだが、だからこそ真剣勝負ができるのだ。そこが個人誌のおもしろさであり醍醐《だいご》味《み》なのだ。

　私はお金がぎりぎりのところでやっているので、原稿依頼の手紙を出すとき、「ぎりぎりのところでやっていますので、申し訳ありませんが原稿料はお支払いできません」とおことわりさせていただく。それでも、秋谷豊先生のほかに内村剛介さん、谷川俊太郎さん、新川和江さん、吉増剛造さん、長谷川龍生さん、遠丸立さん、菊田守さん、西岡光秋さん、石原武さん、宮城賢さん、清水哲男さん、倉橋健一さん、福島泰樹さん、永島卓さん、丸地守さんなどから、原稿執筆に対して確実に原稿料をお支払いしなくてはならない方々から原稿が届いたのだ。ありがたいことだ。ところがである。秋谷先生から原稿が届いたとき、なんと切手が二千円分同封されていたのだ。カンパである。ありがたくて涙があふれ出た。

　詩「探検」は、先生の詩集『探検』に収められ、詩集のタイトルとなった作品だ。そしてⅦ号掲載の作品「帰還」は、先生が自ら癌宣言されたたった一つの作品である。この作品が届く前に、私は秋谷先生自身の口から

「方位」Ⅶ号
二〇〇七年三月三十一日発行

前立腺癌、しかも重度であることを知らされていた。そんななかで原稿依頼したのだが、承諾していただいた原稿がなかなか届かないのである。ほとんど原稿が出そろったので電話すると、「もう少しなんです。必ずお送りしますから、もう少し待っていただけませんか」。そして再び催促すると、「もう少し……」。これを三度繰り返して、いただけた原稿なのだ。ところが、二聯目の出だしに「戦後六十二年目の冬の初めに／わたしは前立腺癌重度の宣告を受けた」とある。これは明らかに自ら行う癌宣言である。だが、これは活字となって大勢の人の手許に届く。そのほとんどの人が秋谷先生が癌であることを知らない。だから、その影響ははかり知れぬものがあることを私は悟った。悟ってすぐに先生に電話した。「本当にこの詩を活字にしていいんですか。たくさんの方にわかってしまいますけど」。「いいんです。これは僕のたった一つの癌宣言の詩です。それを僕は久保木さんの「方位」にさしあげたいんです。僕は、その前にも後にもこれ一篇しか書きません。いいんです。「方位」で活字にしていただきたいんです」。

私は身体《からだ》が顫《ふる》えた。顫え続けた。そして、「方位」Ⅶ号が出たあと電話をくださり、たくさんの人たちから電話や手紙をいただいた、「方位」の影響はすごいですね、と加えられた。

その四、五か月あとに私は秋谷先生から電話をいただいた。「久保木さん、実はお願いがあるんです。「詩と思想」編集委員会が毎年『詩と思想・詩人集』を出すのですが、今年のそれに「方位」に載せていただいたあの詩「帰還」を再掲させていただきたいのですが、ご許可いただけないでしょうか。「方位」が初出であることを明記させていただきますので」。「そんな、先生、何をおっしゃるのかと思ったら、もちろんいいですよ」。「ああ、久保木さん、ありがとうございます」。

今、想えば、秋谷先生は自分が癌であることを、そして、その状況にある自分の心情を、さらに多くの人々に知らせたかったのかもしれない。その心情とは〔「死」を覚悟し自らの裡にしっかりと受けとめた《秋谷豊の決意》〕である。というのは、この詩の第三聯五行目には「わたしは雲のふるさとに帰還してきたのだ」とある。「雲のふるさと」とは秋谷先生が死後行き着く処ではないか。八行目に「わたしはこれからも生きる」とある。この「生きる」は〔遠くなく訪れる死まで生きる〕という「生きる」ではないか。「雲のふるさと」とは「母のところ」ではないか。とすれば、この詩「帰還」は単に癌宣言だけではなく、秋谷豊の「生《せい》」を総括している詩といえる。だから、秋谷先生は再掲したかったに違いない。少しでも多くの人に読んでもらいたかったに違いない。

　私のここまでの説明ではよくおわかりにならない方もおられよう。したがって、ここに詩「帰還」全篇を掲載させていただく。これが秋谷豊先生が「その前にも後にもこれ一篇しか書かない」とおっしゃった詩である。

帰還

秋谷　豊

レイテ湾海戦前夜の暗夜の空を
逃亡兵のように内地に帰還したわたしは
卑怯者だったか

嵐と雷鳴につつまれた母艦から
飛び立ったまま　二度と帰らない
同期の友よ
空に稲妻が炸裂するカラコルムの氷河から
二度と帰らない　山の仲間よ
きみは勇敢な兵士だった
行方しれずのわれらの青春よ
きみらはいま　どんな永遠の岸辺を横切っているか
戦場でも　山でも　死ねなかったわたしは
臆病者の自分を叱咤する
許せ　友よ　と
だが　八十有余年
生きてきたことに　何の悔いがあろう
けれど　遠い遠いわだつみの声は
わたしの耳の中で激しく空鳴りする

戦後の六十二年目の冬の初めに
わたしは前立線*癌重度の宣告を受けた
「大丈夫だ　体力はしっかりしている」
地割れした断層のような映像画面を　しげしげと眺めながら
軍医上がりのような口調で
若い医師は言った
病院の帰り　わたしはゆっくりと並木の道を歩いた
不思議と　悲しみも　安らぎもなかった
わたしはこの日を待っていたのかもしれない
はるか秩父の山脈の彼方に　大きな落日の夕映え

父もいなければ　母もいない
青葉の濃いかげの暗い部屋に
わたしの少年時代があった

木の下闇の生まれた家は　もうどこにもないが
わたしは雲のふるさとに帰還してきたのだ
幼い少年の体にしみたほのかな母の匂いに
わたしの土の塊のような影は落ちた
「わたしはこれからも生きる」
影が光　ここでは光が影に見えた
まぎれもない　現実の影であった

（「方位」Ⅶ号。二〇〇七年三月三十一日発行に掲載）

＊　ここで前立線癌とあるが、これは前立腺癌が正しく、久保木の校正ミスである。先生にお詫びしつつ訂正させていただく。

『詩と思想・詩人集二〇〇七』が出て一か月が経たないうちに秋谷先生から再び電話があった。「またいろいろな人たちから電話や手紙などをいただいちゃって、昨日《きのう》なんかね……」。そのときの先生のお声はなぜかとても張りがあり力強いものだった。

一九九六年に、私の住むこの群馬県前橋市で歴史に残る大きな出来事があった。「第十六回世界詩人会議日本大会」の開催である。これは、日本で初めての開催であり、開催地に名乗りをあげた大阪、京都と競っての前橋での開催だった。前橋は萩原朔太郎をはじめとする優れた詩人を複数産んだところということで、前橋に決まったのである。八月二十二日（木）から二十六日（月）にかけて開催された。その最高責任者、すなわち開催委員長が秋谷豊先生であった。秋谷先生でなければこれを成功裡に無事に終えることはできなかったと思う。

開催の二年ほど前から開催委員会および実行委員会が設けられ、その当初、私は秋谷先生から実行委員を拝命した。最終的には十余名の群馬在住の詩人たちに実行委員をお願いしたが、東京での実行委員会には毎回、私が代表する形で出席することになった。

秋谷先生は、当初から私を実行委員に任命してくださった。嬉しかった。

「地球」118号
平成九（一九九七）年六月三十日発行
特集「第一六回世界詩人会議'96前橋」

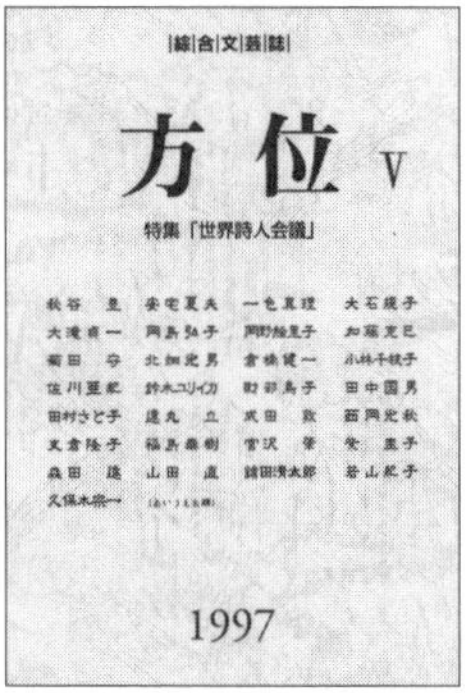

「方位」V号
一九九七年五月三十一日発行
特集「世界詩人会議」

全力投球で働かせていただこうと心に誓った。

開催委員会・実行委員会合同会議で、野外朗読会をどこで行うかが議題となった。即座に私は手をあげ、「朔太郎橋以外考えられません」と発言し、立ち上がって委員の間を歩きながら信念をこめて説明した。ひとりの委員がこう発言した。「しかし、朔太郎橋が架かる広瀬川両河畔の道は車が通って危ないんじゃないですか」。パッと手があがった。岡本前橋市教育長だ。「私が責任をもって交通規制し、車が入らないようにいたします」。ああ、なんとありがたい発言であろう。私は、岡本教育長と事前の打ち合わせなどまったくしていないのである。どうして岡本さんはあそこまで身体を張って私を援護してくれたのだろう。それは、今でもよくわからない。だが、その一言ですっと「朔太郎橋」に決定したのである。

この野外朗読会に出演するゲスト詩人に、私は全国で自作の短歌を絶叫コンサートしている歌人・福島泰樹さんを、地元では優れた朗読家・小林千枝子さんを提案した。これもすっきり認められた。開催委員、実行委員のなかには歌人、俳人も相当数いらしたが、福島泰樹さんは一匹狼であるのに、すっと認めてくれたことがとても嬉しかった。

開催期間の五日間はあっという間に過ぎた。一刻が鮮明な残像を残して過ぎ去ると、次の瞬時新たな一刻が鮮烈な画像となって重なって、連鎖となって通り過ぎた五日間だった。もうずいぶん時が流れた今でも、その一瞬がくっきりと蘇ることがある。

世界二十七か国から百七十四名、日本から六百三十二人の詩人をはじめとした文学関係者、一般市民や各界招待者も加えると参加者総数は三千名を超え、過去最大規模の大会だった。秋谷先生は、常に大会の中心にいて、責任者のトップとして運営に当たられた。後日、先生から伺ったのだが、「これは今だからお話しできますが、会場に爆弾を仕掛けたという電話があり、大会を中止すべきかどうか迷ったんですよ。私服の警官が百人ぐらい入って会場を調べたんですが見つからなかった。決断して大会を続けました。結局いたずらだったんですけどね」――これに代表される重い責任が多々先生にはのしかかっていたはずである。だが、先生は大変だという そんな姿はいっさい滲ませもせず、イベントの休憩時間には必ずロビーの片隅にお立ちになって、参加者と会話をされていた。前のイベントで中心となって活躍されているのだし、次のイベントでも中心として運営につとめなければならないのだから大変な疲れをかかえているはずである。それに、毎日の睡眠時間はとても少なかったことだろう。それなのに、休憩室で休まれないのである。参加者とまたお話しされるのである。

奥様の波豆江さんも立派であった。会場に設置された物産店や日本通運の出店《でみせ》などをくまなくまわり、「ご苦労様ねえ」と声をかけ、気どらない口調で気軽にお話しされている。出店で自ら立った日本通運前橋支店の石田課長は、「奥さん、えらいねえ。秋谷先生を支えているのはあの奥さんだなあ」と私に囁《ささや》いた。

私といえば、とにかく翔びまわっていた。現場をつかさどる「地球」の人たちとともに、本を売ったり、会場である市民文化会館事務局にセロテープを借りに走ったり。本当に「地球」の人たちがいなければ、あの大会は成り立たなかったことだろう。

朔太郎橋上での野外朗読会は大変だった。前日、ひとり（組も含む）三分ということで受付をし、三十人（組も含む）で締め切ったのだが、当日、とび入りが押しかけてくること、さながら雪崩《なだれ》の如くであった。「私こそ世界一の詩人だ」「私はここで朗読するために十時間も飛行機を乗り継いできたのだ」等々、激しく詰め寄り引かない。会場をまかされた森田進さんと私は懸命だった。最後は、岡野絵里子さんの通訳に頼らず、日本語で「ダメなものはダメです」とどなってもいた。なんとか次の薪能《たきぎのう》に間に合わせることができた。

八月二十五日の「フェアウェルパーティー」では自然に踊りの輪ができた。嬉しかった。それを終えて自転車で帰宅した私は、玄関を上がると廊下にバタッと倒れ伏した。晩夏を渡る鉦《かね》たたきの声が薄れていき、昏々と眠った。

この開催期間中の八月二十二日は私の誕生日だった。それまで私は、「風に」というタイトルでいくつか詩を書いていたが、それを一冊の詩集としてまとめ、八月二十二日を発行日にして出版した。それは「風に」という標題の詩を㈠から㈩まで十篇収めたコンパクトな詩集『風に』であり、世界詩人会議に参加してくれた世界各国の人々にお土産としてさしあげた。その栞文を何と秋谷豊先生が書いてくださったのだ。眠る時間もほとんどない忙しさのなかで、この詩集の見開き二ページ分、つまりB４判一枚（＝四百字詰め原稿用紙五枚半）にびっしり書いてくださったのである。標題は「風の詩人に」。これは、「萩原朔太郎はアウトサイダーであった。」で始まる見事な上州詩および上州詩人論である。そして最後は、「詩集『風に』は朔太郎以後のこの風土の詩の流れに、新しい形象を与えるものとなるだろう。これからは久保木宗一さんを「風の詩人」と呼ぶことにしよう。」と結ばれている。何と身に余る光栄な言葉であろうか。

こうして私の第八詩集『風に』は誕生したのである。そして、この詩集は今日まで版を重ね、三刷がすでに手許に十冊ぐらいしか残っていない状態だ。現在の私の詩集のなかで、唯一版を重ねている大切な詩集だ。

さて、二〇〇一年四月二十四日・二十五日、私はお礼の気持ちを込めて秋谷先生ご夫妻を水上《みなかみ》温泉にご招待した。ホテル水上館（天皇陛下が宿泊したホテル）に一泊二日した。秋谷先生が選ばれた石原武先生など数人が同行されて、ちょっとした小旅行になった。

水上に着いた日、私たちはロープウェイで天神平に登った。着くと、そこは二メートル近い雪に埋もれていた。ロッジに入ろうとすると、秋谷先生が雪原を向こうの山に向かってどんどん歩いてゆかれる。さすがにあとを追う者は誰もいなくて、秋谷先生の足跡がまっ白い雪原を渡りその先に先生が十センチメートルぐらいに小さくなった。私は黙って見つめていた。何か、とてつもない深い感動に満たされながら。やがて、そこから先生が戻ってこられた。顔が嬉々として輝いている。山男の顔である。私は、あれほど嬉しそうな、満たされた秋谷先生の顔を他に知らない。そしておっしゃった。「久保木さん、谷川岳はね、僕たちの練習の場だったんですよ。ここで練習してから遠征するんです。僕は、十七回登っています。そんななかで、何人か山の友を喪いました」――今から思うと、詩集『登攀』の原点はここにあったのだ。その日、波豆江夫人からこんな話も伺った。

「久保木さんね、ある日、あの人山に行ったんだけど、あの人の下駄がどうしても片っぽ見つからないの。変だなあって思って一所懸命探すのだけ

二〇〇一年四月二十四日
〈水上紀行〉天神平にて

れど、どうしても見つからないの。何か不安な気持ちでいたのよ。そうしたらあの人、夜帰ってきてね、額から血が出ているし、眼鏡はレンズが飛び散っちゃってるし、あれは不思議だった。そんなことがあったのよ」

翌日、私たちは散歩道を歩いた。小一時間の散歩コースである。

歩き始めて、すぐに利根川づたいに出た。若き利根川だが、川原に石が敷きつめられたようにある。石は大人の掌《てのひら》ぐらいの大きさで、手にとると皆ツルツルに磨かれている。きっと清流に温泉の成分が加わってこんなにきれいに磨かれているのだろう。

先生が先陣を切って川原に降りた。皆が続いた。石拾いになった。みんなで一心に石を拾った。私がそのとき拾った石は全部で三個、今でも大切にとってある。私は、歩き始めた頃から石を集め続けていて、無類の石好きなのだが、秋谷先生もとっても石が好きなのをこのとき初めて知った。奥様も「あの人はね、昔からどこからともなく石を集めてきてね、石が好きなのよ」とおっしゃった。

石拾いを終えて十分ほど歩くと、利根川に架かる小橋に出た。そのなかほどに碑が立っている。見ると歌碑。

岩の群れ
　おごれど阻むちからなし
　　矢を射つつ行く
　　　若き利根川

与謝野晶子の短歌である。下を見れば雪解け水をたたえて若き利根川がとうとうと流れ、岩は水飛沫《みずしぶき》をあげている。まさにこの情景の歌ではないか。「いい歌ですねえ」と秋谷先生。皆、橋の上を行ったり来たりして遊んでいる。後日、ホテル水上館の人に聞けば、まさに五月の水上の利根を詠んでいるとのこと。いいときにこの碑にめぐりあったのだ。

橋を渡って下り始めるとこれがまた圧巻であった。梅、桜、水仙の群落、そしてさまざまな花々がいっせいに咲き誇っている。その「花の道」を私たちは十五分ほど歩いた。

二〇〇一年四月二十五日
〈水上紀行〉

こうして散策を終えて昼食をとることになったが、私はうきうきしていて無性に酒が飲みたくなった。食堂に入って、「秋谷先生は飲まれないしなあ」ともじもじして、でもえいっと思って、「先生、一本飲んでいいですか?」と声をかけると、「いいなあ、飲もうよ」と石原武先生の声。「どうぞ、どうぞ」という秋谷先生の声とほとんど同時に響いて、奥様が「久保木さん、お相手がいてくれてよかったわねえ」とおっしゃる。かくして、銘酒「谷川の白雪」の燗《かん》を石原先生と酌み交わせたのである。

こんな素敵な旅であった。

なお、このときの様子は「地球」128号（平成十三〈二〇〇一〉年九月二十日発行）に「水上紀行」として特集されている。

もう一つ、この散策で忘れてならない大切なことがある。「山の資料館」についてである。

それは歩き始めてすぐのことであった。何か物産館のような大きな建物がある。入るとそこの三分の一を占めるほどに展示空間がある。入《はい》り口にピッケルやザイルが飾ってあり、奥に進むとコーナーごとに登山家の写真が飾られ、経歴を記したパネルがあり、関係の品々が展示されていた。なかなかの「山の資料館」である。秋谷先生はくい入るように見つめている。「この方はこういう方です。僕は二度お会いしたことがあるな。こちらの方は一緒に登ったな」と話された。そのときである。私にある考えが閃《ひらめ》いた。何のわだかまりもなく、清流が流れるように自然に。「先生、この一角に秋谷豊コーナーを設けてもらったらどうでしょう」。「ああ、そうしていただけたら、それが実現できたらありがたいなあ。僕、山の雑誌にもけっこう書いてるんです。手許に二冊はありますから、詩集と一緒に寄贈させていただいてね」。「そうですか、それでは僕のほうから地元の関係者にあたってみましょう」。「よろしくお願いします」。秋谷先生の声は熱を滞び、お顔は嬉々として輝いていた。

前橋に帰って、私は水上町の観光協会長を知っていたので早速連絡をとった。彼は前向きだった。秋谷先生とも数度、電話で調整させていただいた。私と秋谷先生との間で、「秋谷豊コーナー」はくっきりとその姿を現すまでになった。しかし、バブル崩壊後の財源の厳しさのなかで、水上町側から「今は無理です」の返事があり、その後、話はとぎれとぎれになり、いつの間にかたち切れになってしまった。秋谷先生にとって、先生が愛して止まなかった谷川岳の麓《ふもと》にこのコーナーがあることはとても大切なことであったと思われる。しかし、実現できなかった。申し訳ない気持ちでいっぱいである。

そのあと、ずいぶん経ったとある日、電話で秋谷先生に、「僕は文学に堀辰雄から入ったんです」と申し上げると、「実は僕も堀さんからなんです。一度『油屋』に堀さんをお訪ねして、話はできなかったんですが……それから野村英夫とか実際会って話して……」。「先生、堀夫人、堀多恵さんが追分でご存命ですよ。高齢ですがしっかりされています。一度、お訪ねしてみませんか」。「そうですか、それができればねえ、僕は一度お会いしておかなくちゃいけない」。「私が多恵さんに連絡を入れてみます」。「申し訳ないですねえ、よろしくお願いします」――こうして堀多恵さんを訪問する「軽井沢紀行」が実現したのである。

二〇〇七年十月十二日（金）、前橋をひとりで発った私は、高崎で九時三十一分発の長野新幹線「あさま509号」に乗り換え、車中でさいたま市浦和からお見えになった秋谷豊先生、横浜市からの大石規子さん、千葉市からの鈴木豊志夫さんと合流、さらに軽井沢駅の新幹線の改札口で地元長野県上田市在住の宮沢肇さんが合流し、総勢五名で駅前のレンタカーで予約しておいた車に乗り込んだ。なんと新車であった。

私が運転し、最初に塩沢湖にある「軽井沢高原文庫」へ。お忙しいなか、大藤《おおとう》敏行副館長のご案内をいただく。次にいよいよ信濃追分へ。まず、「軽井沢町追分郷土館」へ。ここでは原田政信学芸員が迎えてくれた。追分宿を今に伝える多くの貴重な資料を見せていただいた。昼食を道沿いのお蕎麦屋さん「生成《きなり》」でとった。ご主人が生《き》で歌ってくれた「追分節の馬子唄」に聞きほれながらいただいた一杯の盛りそばは美味だった。

いよいよ、堀多恵先生のお宅へ。高原の秋の濃い緑に包まれたお宅の二階に通していただいた。多恵先生と秋谷先生の間で静かにとめどなく話がはずむ。秋谷先生が追分でただ一度堀辰雄さんを訪ねたこと、大きな催しのなかで秋谷先生が多恵先生を見かけられたこと、芥川龍之介、立原道造、

二〇〇七年十月十二日
軽井沢高原文庫　二階展示室にて

野村英夫……話が尽きない。私はそこにいるだけでよかった。幸せだった。心が洗われた。

堀多恵先生のお宅を二時半頃辞して、お宅のすぐ前の道をたどって信濃追分駅に到着した。来訪ノートが改札口脇に置かれていて、秋谷先生が何かそっと書かれていたが、先生が向こうに行かれてから読むと、「わが青春の思い出の駅　信濃追分は健在なり　詩人　秋谷豊」とくっきりと書かれてあった。わたしはそれをカメラで盗人のように撮った。

それから堀辰雄文学記念館（伊藤京子学芸員――予期せぬ全国文学館協議会の会議以来の再会で嬉しかった――が展示替えの忙しいさなか、私たちに寄り添ってくれた）、最後に重要文化財の「旧三笠ホテル」を見学して、再び軽井沢駅で、着いたときとは逆に宮沢さんに見送られ、十八時二分発の「あさま580号」で東京方面に帰途に着いた。高崎駅で私が下車し、三人をお見送りし、両毛線で前橋に帰った。日帰りであったものの実り豊かだった「軽井沢紀行」が閉じられたのである。この紀行は、「地球」第146号（平成二十〈二〇〇八〉年九月三十日発行）に特集「軽井沢紀行」として写真を添えて詳しくまとめられて

二〇〇七年十月十二日
〈軽井沢紀行〉堀多恵邸二階の居間にて
前列左より　堀　多恵、秋谷　豊
後列左より　久保木宗一、大石規子、鈴木豊志夫、宮沢　肇

いるので参照されたい。また、ここには、秋谷先生が堀辰雄を主要テーマ、あるいは関連テーマとした詩論を四篇再録されてオムニバス形式により構成し、「わが青春の遍歴――堀辰雄」としてまとめられていて、秋谷豊の裡の堀辰雄を知るうえで大切な貴重な資料となっている。

そして、翌年（二〇〇八年）の十一月十八日（火）一時五十一分、秋谷豊先生はお亡くなりになられた。私は先生を堀多恵さんの所にお連れして本当によかったと思っている。

私は二〇〇九年の春に秋谷先生のご著作『さらば美しい村よ』（昭和四八〈一九七三〉年八月十五日初版発行、発行所・浪曼）を入手した。前橋で古書店「大閑堂」を営んでいる友人・樋田行夫君に探してくれるようお願いしたところ、なんと翌日に手にできたのである。この本は、先生の深い悲哀に満ちた青春の記録であり、詩のゆくえを模索するひとりの詩人の精神史であり、文学史実を記録するものとして貴重である。だが、私が強く心引かれたのは「さらば美しい村よ」という題名であった。秋谷先生は、この本で、堀辰雄を中心とした「四季派」の世界に訣別しようとしているのではないか。

案の定、「あとがき」を読むと次のように書かれてあった。「『さらば美しい村よ』という題名は、堀辰雄の『美しい村』との訣別を意味する」。だが、なぜこの時期に秋谷先生はこの訣別を宣言しなければならなかったのか。おそらく、秋谷先生は、もっと広い世界を目指さなければならないと思われたのではないか。それは、日本にとどまらず、世界の詩人たちとの交流によって新たに生成される世界だったのではないだろうか。そして、それはのちに、アジア詩人会議、さらに世界詩人会議へと結実されていくのである。

だが、「あとがき」は次のように続く。「しかし、堀さんの文学は、戦争の暗い予感のなかで思いまどいながら詩を書きはじめた私にとって、やはり三十年以上たったいまも、青春の魂のおののきを鮮烈に感じさせるものがあるようだ」。

大切なのはここだ。気持ちのうえで訣別してみても、青春時代の初源としての文学体験は身体の奥の奥に棲み続けている。晩年、秋谷先生は、いちじるしくそこに回帰していったのではないだろうか。「堀多恵さんに一度お会いしておかなくてはならない」というお気持ちはそこに通底しているのではないか。

私は今、六十一歳で、私も十五歳のとき、堀辰雄を読んで文学の道に入ったのだが、大学時代、全共闘運動のなかでその「抒情」と訣別しようとした。「観念」のほうが大事だと思ったからである。しかし、訣別できなかった。むしろ今私は強く「四季派の抒情」に戻りつつある。こうした自己体験を含めて、そう強く思えてならないのである。

この本には、堀辰雄との出会いが第六章「美しい村との出会い」に書かれていて大変貴重である。

実は、二〇〇七年十月の軽井沢紀行のあと、秋谷先生と私たちは「来年も行きましょう」と互いの意思を固めていた。しかし、二〇〇八年は秋谷先生の突然のご逝去によって果たせなかった。もう永遠に秋谷先生と軽井沢に行くことはできないのである。

二〇〇九年、残された四人（大石規子、鈴木豊志夫、宮沢肇、久保木宗一）は残念でならなかった。それで相談した結果、「秋谷先生はいらっしゃらなく

「地球」146号
平成二十（二〇〇八）年九月三十日発行
特集「軽井沢紀行」掲載

ても、もう一度四人で堀多恵さんを訪ねよう」ということになったのである。それは、秋谷先生の死を多恵さんにきちんと報告する責務を全うすることでもあった。

二〇〇九年十月十四日、大石、鈴木、久保木の三人は東京発八時四十分の「あさま509号」で午前九時五十分に軽井沢駅に到着、宮沢さんと合流した。午前十時、レンタカーで軽井沢駅を出発、運転は私。そして十時半に軽井沢高原文庫を訪ねた。このときも大藤敏行副館長が出迎えてくれて、当日開催されていた企画展「辻邦生展」の解説をつきっきりでしてくれた。この辻邦生展はすばらしいものだった。辻さんがノートに書かれた文字は小さく細かいもので、それがびっしりと散りばめてある。これは、辻邦生の人間性を表していて貴重であった。私は青春のただなかで『岬にて』と『廻廊』をむさぼり読んだのだ。

ここを辞して、昼食を第一回の軽井沢紀行のときとった追分の「生成《きなり》」でと思い向かったが、着いてみるとあいにく休業日。しかたなく国道一八号に戻って軽井沢駅方面に向かい、来たときに記憶に置いていた道沿いのかなり大きなお蕎麦屋さんに入った。初めてのところで味が心配だったが、ここで食べたトロロソバはおいしかった。大当たりである。

そして、予定どおり午後二時に堀さん宅の呼び鈴を押した。年をめされたお手伝いさんが出迎えてくれて、私たちを二階に案内してくれた。車椅子で迎えてくれた多恵さんは（秋谷先生と訪問したときは、ゆっくりだが自力で歩かれていたのに）ちょっとお疲れの様子だった。そのうち酸素吸入器をつけられて、私たちはびっくりした。「それで秋谷先生のお最後はどのようだったのかしら？」。私は大石さんに席をゆずって、こちら側に大石さん、向こう側に鈴木さんが多恵さんのすぐ脇に座られて、細かくお話しされた。「そうでしたか」とがっかりされたお顔だった。小一時間で私たちは辞した。多恵先生のお身体が心配だったからである。

私たちはもう一度追分宿に戻り、堀辰雄が愛した石仏と一緒に写真をとった。

そして、レンタカーで軽井沢駅方面に向かった。宮沢さんがいい喫茶店をご案内してくださる。軽井沢警察署の信号を左折したところ、「丸山珈琲店」。馥郁《ふくいく》としたコオヒイの香だった。しばし四人で語らった。居るはずの秋谷先生のお声が聴こえない、それは淋しいことだった。

やがて、私たちは軽井沢駅で宮沢さんと別れ、私は高崎駅で大石さん、鈴木さんと別れ、前橋駅に着いて第二回軽井沢紀行は終わった。

しかし、先ほどの喫茶店で私たちは約束し合った。来年も堀多恵さんを訪ねようと。

翌日、十月十五日（木）、信じられない出来事が起きた。昨日（十四日）に送られてきた古書店石神井書林の古書目録を見ていて「『遍歴の手紙』秋谷豊・岩谷書店」とある。これは私が探し求め続けてきた秋谷先生の第一詩集ではないか。もう売れてしまったか？ と思いながら急いで電話を入れると「あります」の返事。その場で注文。かくして私は秋谷先生の第一詩集を入手できたのである。何か、秋谷先生が導いてくれた気がしてならない。

不思議なことはもう一度あった。二〇〇九年十一月二十一日（土）、私は埼玉県労働会館2F講堂で開かれる「それでも地球は回ってる　秋谷豊の詩を読む会」に出席するため、前橋駅から電車に乗った。スピーチをたのまれていたのだ。高崎駅で始発の湘南新宿ラインに乗るため、乗り換えたのだが、前橋駅から予定より一電車早いのに乗った私は、乗り換えの2番ホームにとりあえず向かうと、すでに列車がとまっていて何かホームが煙臭《けむり》い。私は煙草吸いなので電車に乗る前に一ぷくしてからと思い、一番向こうの喫煙所に向かうと、ちょうど喫煙所のあたりから煙がたちのぼり、すごい人だかりだ。近づいてわかった。D51である。蒸気機関車のD51で、何かを記念した臨時列車で、何と「水上行き」だった。そのときの状況を書きとめておいたのでここに載せさせていただく。

秋谷先生

JR高崎駅2番線でD51に会う。私が乗る湘南新宿ラインのホームに留まっていたのだ。臨時列車である。

私は煙草を喫うから喫煙所を目指していくと、何かいつもと雰囲気が違う。明らかに異なる。蒸気のにほいのようなものが漂ってきて、喫煙所のあたりがすごい人だかり。近づくと蒸気機関車だ。Ｄ51がいた。喫煙所のまん前にいた。

さかんにカメラのシャッターを押す人、人、人。運転席の運転手と助手の服装がいい。紺色で何の飾りもない昔のままの制服だ。

プラットホームに放送が流れてびっくりした。「２番線の列車は水上行きの臨時列車です」。水上行き?!　私はこの後の湘南新宿ラインに乗って北浦和で開催される「それでも地球は回ってる　秋谷豊の詩を読む会」に行くのだ。秋谷先生はこの汽車に乗って谷川岳に登りに行くのだ、きっと。と思ったらほろっと涙がこぼれた。Ｄ51の煙がたなびく中で、気がついた人は誰もいなかったが……。

秋谷先生はお隠れになってからも私の身近でそっと寄り添ってくれていて、守ってくれているのだ。

二〇〇九年十一月二十一日

北浦和・埼玉県労働会館内
「北浦和食堂」にて

このあと、会場で私はスピーチした。『さらば美しい村よ』の後書きから始めて、軽井沢紀行と第一詩集が購入できたことの不思議さ、そして今日高崎駅で思いがけずめぐり合ったD51のこと、秋谷先生はあの汽車に乗ってきっと谷川岳に登りに行かれたのだ、でも、霊は自由に空間移動できるから、今はきっとこの会場にお見えになってにこにこ顔で皆さんを眺めていらっしゃることでしょう、で閉じた。

今でも秋谷先生は私の傍らにいらして、じっと見守ってくれている気がしてならない。

そして、今年の「軽井沢紀行」は五月の堀辰雄の命日に行おうと四人ですでに決めている。

（追記—その後の経過）

一　堀多恵さんの突然のご逝去

本文の終わりの部分で述べたとおり、私たち四人（宮沢肇、大石規子、鈴木豊志夫、久保木宗一）は、堀辰雄の命日にあたる二〇一〇（平成二十二）年五月二十八日（金）に堀多恵さんを訪問させていただくことで話がまとまった。私が多恵さんに「五月二十八日に四人で伺わせていただきたい」旨を手紙で打診したところ、すぐに葉書が返ってきて、「五月二十八日は『野ばら忌』が堀辰雄文学記念館で行われていて、そこにいますから、どうぞ皆様でお越しください」と書かれてあった。そのとき私は、堀辰雄忌が「野ばら忌」（正しくは「野いばら忌」）と呼称をつけて実施されているのを初めて知ったのである。なんと堀辰雄にぴったりした呼称であることか。センスがいいなと思った。そして私たち四人は、その日に伺うための準備を整え始めた。

四月十八日（日）の朝、私の家の電話が鳴った。宮沢さんからだった。

堀多恵さんが亡くなられたとのこと。びっくりした。二十日（火）が追分で葬儀とのこと。とり急ぎ私は行くとご返事して、あとの二人に連絡をとった。二人ともどうしても用事があって行けないとのこと、お二人の分もお祈りしてくることを約束して、宮沢さんと再び調整し、宮沢さんと久保木とで行くことになった。

四月二十日、自家用車で前橋を出発した私は、軽井沢駅で十一時に宮沢さんと合流、車に乗ってもらい追分の日本基督教団軽井沢追分教会に向かった。十二時が開式である。道順は、軽井沢町長倉《ながくら》生え抜きの詩人・高見沢隆さんから事前に教えてもらっていたので迷わず着けた。高見沢さんとは現地で落ち合うことになっていた。教会から少し離れた指定された駐車場に車を止め、宮沢さんと私は教会に向かって歩きだした。道端の電信柱のまわりには、二、三日前に降ったのであろう雪が小山となって在って、道を歩む二人を射た。道を教会に急ぐ人が絶えない。それは、参列者の数多いことを物語っていた。

受付で軽井沢高原文庫の大藤《おおとう》副館長にお会いでき、挨拶できた。香典はいっさい受けとられないとのことで、私と、今日参列できない大石規子さん、鈴木豊志夫さんを合わせて三人の氏名を記帳させていただいた。大藤さんは悲しみを湛《たた》えたお顔で受付やら案内やらで跳びまわっていらっしゃった。「多恵さんのために精いっぱい最後の……」という意思が全身から漲《みなぎ》っていた。大藤さんにとってかけがえのない方だったろうから、私には及びもつかない深い処で繋《つな》がっておられるはずだ。そのことは、軽井沢高原文庫敷地内に「堀辰雄の住んだ一四一二の山荘」が移築されて在ることでわかる。「大藤さん、辛いでしょう、がんばってください」と心の裡で声をかけた。

教会は木造の建物だが、想像していたよりも大きかった。瀟洒《しょうしゃ》な、無駄な飾りのない落ちついた暖かい教会だった。案の定、もう座る席はなく、入口の外まで人があふれていた。その間をぬって私と宮沢さんは礼拝堂のなかに入った。小一時間、私たちは立ったままとなる。私は大丈夫だが、宮沢さんはかなりの高齢でいらっしゃる。「大丈夫ですか?」と進行の途中でも声をかけたが、「大丈夫です」とのご返事で、本当に最後まで立ち続けられた。立派である。会場内には安藤元雄さんご夫妻のお姿があって、開式の前に声をかけさせていただいた。高見沢さんの姿は見えない。

最後に、棺を閉じる前にお顔を拝ませていただいた。天使のように安らかなお顔。まさに「天使の寝顔」そのものだ。私はこれほどきれいな死顔を見たことがなかった。この人が堀辰雄を支えたのだ。あの文学を産ませたのだ。そして堀に五十年の生命を与えたのだ。堀は、この人がいなかったら、もっともっと若くして命を閉じていただろう。堀の詩の言葉に「西洋人は向日葵より背が高い」とあるが、辰雄の生にとって多恵さんは向日葵だったのだと思う。夏の高原に咲く大輪の向日葵。明るく健康ですべてを優しく穏やかに包み込む向日葵。今、強く、そう思う。

献花をして外に出ると、雨がかなり降っていて、テントの路ができていた。そこに高見沢さんがひとり立っている。礼服の肩に細雨がたえまなく降りかかる。「高見沢さん」と声をかけて、私はせつなくて、そっと彼の肩に降りた細かい雨滴を払っていた。宮沢さんと高見沢さんは旧知の間柄で、「本当にしばらくでした」と懐しそうに話されている。私たち三人は柩《ひつぎ》が出発するのを送らせてもらうことにした。宮沢さんも安藤さんにご挨拶された。「いつくしみ深き　友なるイエスは……」（讃美歌「祈禱」）が人々によって合唱されるなかを柩は出てきてゆっくりと進み、黒い車のなかに入った。クラクションが哀しく響いて車は静かに去った。まだ「祈禱」が歌い止まないなかで、私はポッカリ空洞の空いてしまった心を雨とともに抱いていた。

やがて歌声が消え入るように終わった。とともに、不思議に雨が小降りになった。安藤元雄さんご夫妻はタクシーをたのまれてお帰りになった。私たち三人は、小雨のなかを少し濡《ぬ》れながら、駐車場に向かった。

高見沢さんのご案内で、中軽井沢駅前のあの有名な「かぎもとや」でおいしい蕎麦を昼食にとった。高見沢さんがご主人から「先生」と呼ばれ、先生の友人の詩人ということで私と宮沢さんは大事にされた。手ぬぐいがふるまわれ、お新香のおかわりが出てきたことでわかる。これ以後三回、私は「かぎもとや」を訪れているが、そのつどご主人から「先生」と呼ばれて大切にされている。高見沢さんのおかげである。

その後、宮沢さんのご案内で「丸山珈琲店」に行ったが、あいにくの休業日で、今度は高見沢さんのご案内で「珈琲歌劇」に行き、落としたてのコオヒイを飲みながら「詩」について有意義な話をした。

そこで高見沢隆さんと別れ、宮沢肇さんを私の車で軽井沢駅までお送りし、その足で帰橋した。

二　予定していた追分への旅

五月二十八日（金）は、予定していたとおり四人で追分行きを実施した。「軽井沢紀行」の延長線上にあるものである。いつものとおり午前十時にレンタカーで出発した私たちは、まず軽井沢高原文庫を訪れ、大藤副館長のご案内で新しく設けられた「堀辰雄・多恵コーナー」を観覧、そして中軽井沢の「かぎもとや」で蕎麦の昼食、その後追分の堀多恵さんのご自宅に到着した。秋谷豊先生と訪れたその家にである。門から自由に入れ、私たちは庭を散策させてもらった。宮沢さんが手招きされた一階のベランダから部屋を望むと、カーテンが開け放たれていて、なかには葬儀のときに飾られた多恵さんのお写真が供物に囲まれて在る。写真はにこやかに微笑まれている。これはありがたかった。葬儀に参列できなかった大石・鈴木のお二人は、奇しくもここで葬儀のときの多恵さんにお目にかかれたのである。きめ細かいご配慮をしていただいたご遺族のおかげである。二人の喜びはいかばかりのものがあったことだろう。私たちは静かに目礼して、ここをあとにした。

そして、追分宿の泉洞寺へ。お寺の方のご案内で「泡雲幻夢童女の墓」に会えた。私が初めて追分を訪れた十九歳のとき以来の再会である。何と四十二年ぶりの再会であった。立原道造の詩「村ぐらし」のなかに独立した一行としてある「泡雲幻夢童女の墓」。十九歳で訪れたとき、この寺も墓も荒れていて（今はきれいに整備されている）、そのなかをさまよったのだが、偶然、ひっそりとたたずんでいたこの墓石を発見したときの喜びは忘れられない。

さらに、堀辰雄の愛した石仏には、それにしなだれかかるようにつつじの花が咲きほこっていて、そこで私たちは写真をとった。現像してみて、改めてその真紅の美しさに眼を撃たれた。何か眼に見えない力がその「紅《くれない》」にしのび込んでいる気がしてならない。それは、堀辰雄か、堀多恵か、立原道造か、秋谷豊か……。そういえば、この日帰りの旅でも、秋谷豊先生がずうっと寄り添っていてくれる気がしてならない私であった。

私たちは「丸山珈琲店」に入った。そこで宮沢さんが三人に提案された。「この軽井沢紀行は一年に一回必ず毎年続けましょう。そして、今までのものをこの辺で小冊子にまとめてみませんか」。三人ともすぐに賛成した。それは、何かどうしてもそうしたいのである。

今年（二〇一一年）には最初の小冊子をなんとか出したいと念じている。

（二〇一〇年一月九日　初稿）

（二〇一一年四月二十一日　最終決定稿）

二　秋谷　豊　その遍歴と構築

この堀辰雄から授かった抒情は、第三詩集『降誕祭前夜』（昭和三十七〈一九六二〉年発行）で秋谷豊固有のものとして一つの完成をみるが、その後も秋谷豊を根底で支えるものとして生涯在り続けた。

昭和十六年の夏（八月）、秋谷豊は堀辰雄に初めて会うために、軽井沢の一四一二*の家、さらに追分の旅館「油屋」（「四季派」の拠点）を訪ねたのである。満十九歳の年だった。その年の十二月に日本は戦争に突入したのだから、秋谷豊は入隊する前にどうしても堀辰雄に会っておきたかったのだと思う。自分を文学に導き、支えた最も大切な堀辰雄に。

「油屋」で堀には会えたが、結局ひと言も語れずに帰途についた信濃追分駅までの日暮れの道は、ひとりで歩いた一本の寂寥の道だったのだ。

さて、「暮春憂愁」を読むと、〈寂寥の地方〉とは秋谷豊の生まれ故郷＝鴻巣であることがわかる。「草が茂って行方も知れない野を／高崎線の汽車が通る」――そう、この汽車は、朔太郎、犀星、堀辰雄を軽井沢へ運んでいく汽車だ。それは、寂寥の弥終《いやはて》に在る「軽井沢」、ものみな透明に美しく澄んでいる処に優れた文学者たちを運ぶ、淋しいが力強い生命の汽車

軽井沢一四一二の家。軽井沢高原文庫に堀多恵様より寄贈され、移築される。現在も軽井沢高原文庫に保存されている。

でもある。夏、文学者たちは行き着いた軽井沢（＝避暑地）で疲れを癒し、新しい出会いに魂を磨いたのである。人と人とを会わせる天才は室生犀星だった。だから、当時の軽井沢は、新たな文学を生成、発展させるとても大切な場所だったのである。全国でも他に例がない。

だが、もう一方で軽井沢は、冬は氷点下三十度にもなる、ものみな死に絶えた酷寒の地でもある。そこで大切なことは、朔太郎、犀星、堀辰雄のうち、堀辰雄だけが軽井沢に定住し、その地で亡くなっているという事実だ。堀だけが酷寒の地で暮らしているのである。

その生活はどんなものだったのだろうか。ひっそりと息をひそめて春を待つ生活だったのだ、きっと。そのなかで精神は冴え渡り、ものみなくっきりと視える世界だったはずだ。そこを生きたから、「雪の上の足跡」という秀作は生まれたのだ。

一生、結核という宿痾《しゅくあ》と闘いながら、「軽井沢」のすべてと心中するように生きた堀辰雄と、ひたすら「山」を希求し登攀《とうはん》した秋谷豊、幾多の困難を乗り越えて詩を世界に向けて解き放った秋谷豊は、同質のものとして一体化して私の前に屹立《きつりつ》している。

「草が茂って行方も知れない野を／高崎線の汽車が通る」――そう、秋谷豊もその汽車、そして最晩年には電車に乗った。〈寂寥の地方〉から〈寂寥の彼方〉へ行ったのだ。

秋谷豊先生は、亡くなる一年ほど前、もう一度軽井沢を訪れ、「軽井沢一四一二」の家を、そしてかつてそこで出迎え、堀が「油屋」にいることを教えてくれた堀多恵（堀辰雄夫人）さんを再訪している。同行させていただいた者として、その様子を次回にお伝えしたい。

（参考文献）

『さらば美しい村よ』（昭和四十八〈一九七三〉年発行・浪曼刊）

詩集『時代の明け方』（一九九四〈平成六〉年発行・地球社刊）、一九九五（平成七）年、「第二回丸山薫賞」（豊橋市主催）を受賞。

＊　軽井沢一四一二の家　堀辰雄が一九四一（昭和十六）年にアメリカ人スミスから買い求めた山荘。堀辰雄が初めて所有した自家。「サナトリウムの道」に在った。一九八四年に多恵さんから軽井沢高原文庫に寄贈、移築され、現在もそこに保存されている。

（疑問点）
「朔太郎が　犀星が　堀辰雄が」と記されたとき、なぜ堀辰雄だけが氏名をきちんと書かれているのだろうか？　私は秋谷先生が堀辰雄をそれだけ特別に大切にしていたからだと思いたい。

（二〇一六年八月、秋谷豊公式ホームページ「秋谷　豊　詩鴗館」に登載）

(二)　軽井沢再訪と抒情の完結

秋谷豊は、亡くなる一年ほど前、「一四一二の家」を、そして堀多恵を再訪している。そのことについて、以下に詳しく述べてみたい。

私は十五歳のとき、堀辰雄の『風立ちぬ』を読み、初めて堀辰雄の書いたものに触れ、身体に電流が走った感銘を受けた。それ以来、堀の文学は私の裡に深く定着して、私を支えながら今日に到っている。奇しくも私が詩を書き始めたのも十五歳のときだった。

軽井沢は十九歳のときから毎年訪れていて、堀多恵さんにも数度お会いし貴重なお話を伺っている。いわば軽井沢は私の第二の故里だ。

二〇〇七年の春であったと思う。秋谷先生に電話で、「僕は文学に堀辰雄から入ったんです」と申し上げると、「実は僕も堀さんからなんです。一度『油屋』に堀さんをお訪ねして、話はできなかったんですが……そのあと福永武彦とか実際会って話して……」。私は驚愕した。そして閃いた。「先生、堀夫人、堀多恵さんが追分でご存命ですよ。高齢ですがしっかりされています。一度お訪ねしてみませんか」。「そうですか、それができればねえ、僕は一度お会いしておかなければいけない」。「私が多恵さんに連絡入れてみます」。「申し訳ないですねえ。よろしくお願いします」。こうして堀多恵さんを訪問する「軽井沢紀行」が実現したのである。二〇〇七年十月十二日（金）のことであった。

秋谷先生に同行させていただいたのは、案内役の私と、先生自ら同行者に選ばれた宮沢肇、大石規子、鈴木豊志夫さんであった。

秋谷豊が最初に堀辰雄を訪ねたときの様子は、ご著作『さらば美しい村よ』の第六章「美しい村との出会い」に詳しく書かれている。その年の十二月に日本が戦争に突入した昭和十六年の八月に、秋谷豊は堀辰雄を初めてひとりで訪ねたのである。つまり、入隊を目前に控えて会いに行ったのは堀辰雄その人だったのだ。これで、堀辰雄が秋谷豊にとっていかに大切な存在だったかがおわかりいただけるだろう。

秋谷先生は初めに旧軽にあった堀さんの家（一四一二の家）を訪れた。やぶれたいけがきの間に、ヒマワリの大きな花が見えた家だ。多恵夫人から追分に行っていると聞かされて、「油屋」をおそるおそる訪ねたのは、もう夕方に近い時分だった。堀さんはワイシャツの袖をまくって麦藁帽子をかぶった姿で、旅館の荒れた草花のなかに立って、顔色の悪い青年（野村英夫）と静かな声で何やら絵の話などをしていた。秋谷先生は緊張して何も話せず、一時間ほどいて、また、信濃追分駅までもう薄暗くなった一本の道をひとりとぼとぼと歩いていった。半ば意気消沈しながら、どこかで気持ちの安らぐのを覚えながら。一本の寂寥の道を歩いて東京へと帰ったのである。これが、秋谷豊が堀辰雄に会った最初で最後だった。

幾年月が流れた。二〇〇七年十月十二日（金）、私は、高崎で九時三十一分発の長野新幹線「あさま509号」に乗り換え、車中でさいたま市浦和区からお見えになった秋谷豊先生、横浜市からの大石規子さん、千葉市からの鈴木豊志夫さんと合流、九時四十八分軽井沢着、新幹線の改札口で地元長野県上田市在住の宮沢肇さんが出迎えてくれて合流、皆しばらくぶりの出会いで心が躍った。そのままの気持ちを携えて、駅前のレンタカーで予約した車に乗り込み、私が運転して出発した。なんと新車だ。

車はプリンスホテルを通過し、最初の訪問先である「軽井沢高原文庫」（塩沢湖近辺にある）に到着、大藤《おおとう》敏行副館長が出迎えてくれた。ここに移築、保存されてある「一四一二の家」に向きあったとき、一瞬秋谷先生は、たったひとりになり誰も寄せつけない時空を作られた。「一四一二の家」と対話しているようであった。あとでわかったことだが、この「一四一二の家」こそ、昭和十六年の八月に訪問し、多恵夫人と初めてお会いしたあの旧軽の家だったのだ。それは「サナトリウムの道」沿いで奥まって在り、堀辰雄が自分の持ち家として初めて手に入れた家だ。その家と秋谷先生は偶然ここで再会していたのだ。当時の光景、さまざまな出来事が一瞬走馬灯のように胸を去来したのであろう。だが、そのとき私たち同行者四人は知る由もなかった。

ここを辞して、いよいよ信濃追分に向かった。まず、「軽井沢町立追分宿郷土館」へ。ここでは原田政信学芸員が迎えてくれた。郷土館は、かつての宿場が余すところなく再現、展示され、見る者を往時に佇ませてくれた。

昼食は街道沿いのお蕎麦屋さん「生成《きなり》」でとった。ご主人が生《き》で追分節の馬子唄を披露してくれた一杯の盛りそばは本当においしかった。

信濃追分駅に到るあの緑のトンネルの道をたどっていよいよ堀多惠さんのお宅へ到着。樹々の緑の奥に建つ白壁の瀟洒《しょうしゃ》な二階家。その二階の明るく広い、リビングとダイニングを兼ねた部屋に通していただいた。広いフロアーの一隅に置かれたテーブルのまわりに座った私たちは、夫人からさまざまなお話を伺うことができた。秋谷先生と多惠さんの間でとめどなく話がはずむ。会話のなかで、ぽんぽんと飛び出す古い出来事。二人の記憶力の確かさ。芥川さん、室生さん、神西さん、立原さん、福永さん、中村真一郎さんなどという言葉が自然に次々と泉が湧くように出てくる。他の四人はほとんど入る術がないほどだった。

今思うに、最晩年、秋谷先生は強く堀辰雄に回帰していったのではないだろうか。そして、多恵さんにお会いすることによってそのことを確認するとともに、何かを完結したかったのではないか。翌年の秋谷先生の突然のご逝去に思いを馳せるとそんな気がしてならない。私は、秋谷豊先生を堀多恵さんのもとにお連れして本当に良かったと思っている。

このとき、田代夫人（秋谷先生の旧知の方）がお茶出しをしてくれたのも不思議な縁《えにし》を感ずるのである。

堀邸を二時半頃辞して、お宅のすぐ前の道をたどって信濃追分駅に行き、しばし遊んだ。このとき、秋谷先生はとても懐しそうにニコニコされていたが、やはり駅舎に向かいながらバリアをはりめぐらし、やがてそれを解くと、ホームの机の上に置いてあった「来訪ノート」に向かって何かをそっと書かれた。私はそれをカメラで盗み撮りしたのだが、現像してみると、そこには「10月12日／秋谷　豊　詩人／さいたま市浦和区元町3—2—10／わが青春の思い出／の駅　信濃追分／は健在なり」と記されていたのである。

このあと、堀辰雄文学記念館で伊藤京子学芸員にお世話になり、最後に重要文化財の「旧三笠ホテル」にとび込み、私たちのこの日の軽井沢紀行は終了した。

その後、秋谷豊先生が突然、翌年の二〇〇八年十一月十八日（火）一時五十一分にご逝去され（享年八十六歳）、多恵さんが二〇一〇年四月十六日（金）午後十時〇分に享年九十六歳でご逝去されてしまわれた。

多恵さんのご逝去から、すでに六年という歳月が経ってしまっているが、この二人の再会のご様子は、つい昨日のことのように今でも私の眼前にくっきりと蘇るのである。同行の他の方々もきっとそうであろう。二人はかみしめるように、確認しあって胸にしまうように、静かにとぎれることなく、そして熱く語り合った。あの語らいは何であったのだろう。本当に不思議な時空であった。それは、もしかしたら一つの時代が完結する時空だ

ったのかもしれない
　秋谷豊先生は、訪問する少し前に前立腺癌をわずらっていた。私の個人誌、綜合文芸雑誌「方位」Ⅶ号（二〇〇七年三月刊行）に先生からいただいた詩「帰還」で明らかだ。ここで先生は、「戦後の六十二年目の冬の初めに／わたしは前立腺癌重度の宣告を受けた」とくっきりと自ら公表している。この詩については別稿できちんとのべることにするが、この詩の最終聯で先生は「わたしは雲のふるさとに帰還してきたのだ」と述べられている。この癌は、少しして奇跡的にほぼ完治されるが、先生は軽井沢に再び立つことによって、さらに堀多恵さんに再会することによって、先生を支え続けた「抒情のふるさと」に帰還し、自らの抒情を完結させたかったのではないだろうか。
　この頃、しきりにそう想われてならない私である。

（参考図書）
『さらば美しい村よ』秋谷豊（昭和四十八〈一九七三〉年八月十五日発行　浪曼刊）
『信濃追分紀行』（二〇一二年四月十六日発行　風塵舎刊　執筆者＝宮沢肇、大石規子、

鈴木豊志夫、秋谷千春、久保木宗一）
「方位」Ⅶ号（二〇〇七年三月三十一日発行　風塵舎刊）
（註記）
文中には、前記（参考図書）に記載された執筆者の文章をそのまま引用させていただいた箇所があります。
（二〇一七年五月、秋谷豊公式ホームページ「秋谷　豊　詩鴗館」に登載）

㈢　一つの発見

詩人・秋谷豊が昭和十六年の八月に堀辰雄を初めて訪ねた軽井沢の家は、現在、軽井沢高原文庫に移築、保存されている「軽井沢一四一二の家」であることが判明した。

偶然、一枚の落ち葉が掌《てのひら》に舞いおりてきたように、私の裡で自然につながって像を結んだ新たな発見であった。

今年の九月、高原文庫を訪れた私は、その建物の説明板を読んでいて閃いたのである。傍らにいらっしゃる同文庫の大藤副館長に、私は興奮しながらこの発見を語っていた。

家に戻ってしばらくいろいろな文献をあたってみた。その結果、冒頭に述べた事柄が事実として実証されたのである。

その論拠を以下に展開する。

まず初めに、秋谷自身が次のように述べている。


私が信濃追分に堀さんを訪ねたのは、昭和十六年の八月だった。夏に引っ越したばかりの軽井沢の別荘を、散々さがしまわって「堀」と小さな標札がでているその家を、ようやく見つけた。（以下略）

（秋谷豊著『さらば美しい村よ』（昭和四十八〈一九七三〉年八月十五日発行・浪曼刊）より、その第六章「美しい村との出会い」より部分引用）

二〇〇七年十月十二日
〈軽井沢紀行〉「軽井沢高原文庫」敷地内「堀辰雄一四一二の家」にて

次に、『堀辰雄全集別巻Ⅱ』年譜によれば、

昭和十六年（一九四一）　三十七歳

（前略）

五月、軽井沢のサナトリウムの奥に求めた別荘を見がてら、夫人同伴で軽井沢に赴き、さらに足をのばして更級の里に姨捨山を見に行き、木曽藪原へも行く。七月、軽井沢の別荘に行き、九月末まで滞在。（後略）

（昭和五十五〈一九八〇〉年十月二十五日初版第一刷発行・筑摩書房刊）

とある。

この二点から、堀辰雄が一九四一（昭和十六）年五月に買い求め、七月から九月末まで滞在していた軽井沢の別荘に、その年の八月、秋谷豊が訪ねたことがわかる。

また、年譜によれば、その別荘は軽井沢のサナトリウムの奥に在ったことがわかる。

さて、それでは次に、その家がなぜ現在軽井沢高原文庫敷地内に保存されている「軽井沢一四一二の家」になるのか。

その証明は以下によって展開することができる。

まず初めに、「軽井沢高原文庫・開館記念　堀辰雄展図録」（一九八五年八月十日発行）〈堀辰雄略年譜〉によれば、「軽井沢のサナトリウム近くの山荘を手に入れ（一四一二番、現在、軽井沢高原文庫敷地内に移築保存）、七月より九月まで滞在。……」とある。

次に、「高原文庫」第一九号　生誕一〇〇年記念堀辰雄展（二〇〇四年七月三十日発行）に記載された〈堀辰雄略年譜〉には、「五月、軽井沢のサナトリウムの奥に求めた別荘（軽井沢一四一二）を見がてら、夫人同伴で軽井沢に赴き……」と書かれている。

さらに、「軽井沢高原文庫案内パンフレット」（二〇一二年九月二十日現在のもの）によれば、「堀辰雄が一九四一（昭和十六）年にアメリカ人スミスから買い求めた旧軽井沢・釜の沢の山荘。／四年続けて初夏から秋にかけて過ごした。／堀を慕う若い文学青年たちが大勢出入りした。」と説明文として表記されている。

最後に、現在軽井沢高原文庫に在るこの建物の説明板にどのように書かれているか、その全文をここに記そう。

堀辰雄の住んだ軽井沢一四一二の山荘

昭和十六年の春求めたこの山小屋には、四年続けて初夏から秋にかけて過した。軽井沢でも古い古い建物のひとつに数えられている。大正七、八年頃、アメリカ人スミスさんの所有となり、戦争で帰国することになって、私たちが譲り受けた。よく燃える暖炉があり、炭で焚く風呂があった。厳しい冬を過ごすために追分に移ってから後、この山小屋には、戦争中住む家を失ったドイツの婦人が住んでいたこともあった。辰雄の没後、深沢省三・紅子画伯夫妻が大切に住んで下さったので、やっと今日まで持ちこたえて来たが、崩壊寸前で「高原文庫」のかたわらに「堀辰雄の愛した山荘」として移築され、残されることになったのである。

（堀多恵子「私たちの家・家」より）

この文章は堀辰雄と共に暮らし、その御魂を送った堀夫人＝多恵さんが自らしたためたものであるから、最も正確な記述である。

なお、この堀辰雄・多恵の住んだ「一四一二の山荘」は、昭和五十九年に多恵さんから軽井沢高原文庫に寄贈、移築されて保存されている（軽井沢高原文庫・大藤副館長談）。

以上から、堀辰雄が一九四一（昭和十六）年春、アメリカ人スミスから買い求めた〔旧軽井沢・釜の沢の山荘＝軽井沢一四一二の山荘〕が、昭和五十九年、堀多恵さんから軽井沢高原文庫に寄贈、移築され、保存されて現存していることがわかる。

二〇〇七年十月十二日（金）、秋谷豊は堀多恵を再訪した。二度目の、会話する形*での訪問であった。このとき、私も同行させていただいた。信濃追分の堀邸を訪れたのは午後の一時で、二時半頃辞したのだが、午前はまず初めに軽井沢高原文庫を訪れた。このとき、秋谷先生は「一四一二の山荘」の前で実に寡黙であった。今から思えば、秋谷先生は、この山荘が自分が初めて旧軽井沢に堀辰雄を訪ねたときのあの家であるとおわかりになったのだと思う。だから、深く感慨にふけっていらっしゃったのだろう。何か、誰も入り込めない厳しい雰囲気が、先生のまわりにバリアを張りめぐらしたように漂っていた。それは、多恵さんのお宅を辞して、その前の道（秋谷豊が「油屋」に堀辰雄を訪ねて往き還った道）を車でまっすぐ走って着いた信濃追分駅の来訪ノートに、秋谷豊が記した次の言葉に結晶している。

わが青春の思い出の駅　信濃追分は健在なり

秋谷豊先生は、突然翌年、二〇〇八年十一月十八日、ご逝去された。

秋谷先生がその詩の出発点で、己れの裡に奥深く棲みつく形で、最も深

二〇〇七年十月十二日
〈軽井沢紀行〉「軽井沢高原文庫」敷地内「堀辰雄一四一二の家」にて

く影響を受けたのは堀辰雄であり、その「抒情」である。そのことは、処女詩集『遍歴の手紙』と第二詩集『葦の閲歴』で明らかだ。そして、その抒情は、長年の詩的営為によって「秋谷豊の抒情」として確立された。

晩年、秋谷先生は堀辰雄に遡行《そこう》し、最晩年には堀多恵さんに会話する形で再会することによって、そして十九歳の八月、堀辰雄に「油屋」で初めて会ったときにたどった道を再びたどることによって自分を完結させたかったのではないだろうか。

そう思えてならない私である。

＊　秋谷先生が初めて多恵さんにお会いしたのは、堀辰雄を一生にたった一度だけ訪問したその日だった。

〔その根拠〕

「夏に引っこしたばかりの別荘を、散々さがしまわって「堀」と小さな標札がでているその家を、ようやく見つけた。やぶれたいけがきのあいだに、ヒマワリの大きな花が見えた。

多恵子夫人から追分に行っていると聞かされて、油屋をおそるおそる訪ねたのは、もう夕方近い時分であった。（以下略）」

（先に引用した秋谷豊著『さらば美しい村よ』の第六章「美しい村との出会い」より引用。傍点＝久保木）

その後、音楽家の発表会の会場で多恵さんの姿を見かけたが、会話にまでは到らなかったという（二〇〇七年十月十二日、多恵さんを訪問したとき、多恵さんに秋谷先生が語られたもの――久保木の記憶による）。

（全体への註記）

本稿で取り上げた堀辰雄の家を、どの文献でも「軽井沢一四一二」と表記してあり、「軽井沢町」の町が抜けている。不思議に思い、調査した結果、この表記はハウスナンバーであることが判明した。ハウスナンバーとは、郵便を配達するために別荘に特別につけられたものであり、軽井沢ではそれが生活にとけこんで使われている。住居表示とは異なるものである。

現在でも千単位でハウスナンバーはあり、使用されているとのことである。

この事実は、二〇一二年十二月十三日に軽井沢町役場に私が電話を入れ、文化財担当者の方から教えていただいたものである。氏名をお聞きするのを失念してしまったが、懇切丁寧なご対応で、この場をお借りして深謝申し上げる次第である。

（二〇一二年十一月二十二日　初稿）

（二〇一六年十月二十三日　最終決定稿）

㈣　秋谷 豊先生の癌公表の詩をめぐって

秋谷豊先生の晩年の詩に、癌であることを自ら公表した作品がある。「帰還」がそれだ。私がやっている個人誌＝綜合文芸雑誌「方位」Ⅶ号（二〇〇七年三月三十一日発行）に掲載された。

先生が突然お隠れになられたのが二〇〇八年十一月十八日であったから、そのおよそ一年八か月前の作品である。

そして、この作品は二〇〇七年十二月一日に発行された『詩と思想・詩人集　二〇〇七』（土曜美術社出版販売）に転載されている。先生からお電話をいただき、喜んで許諾させていただいた。

しかし、この作品は『秋谷豊詩集成』に未収録であり、このたび出版された『秋谷豊の武蔵野』にも未収録で、先生のすでに出版された単行本にはいずれも収録されていない。それは、この詩がいかに突出した特殊性を

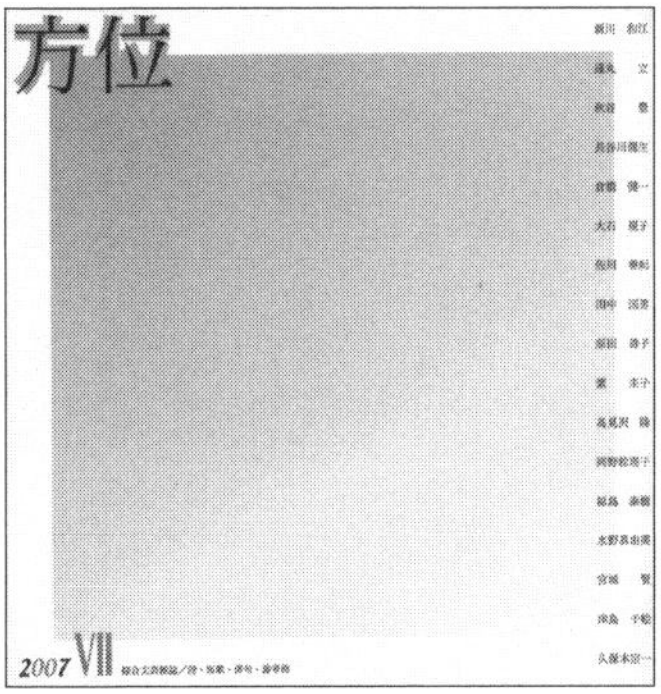

「方位」Ⅶ号
二〇〇七年三月三十一日発行
詩「帰還」掲載

持ったものであるかを物語っている証であるといえよう。

私がなぜ、今、この作品を取り上げるのかというと、そこに、先生のある深淵な到達点がある気がしてならないからである。それは、先生のそれまでの生き様を、「癌」によってある救いの極地にまで引き上げているからだ。そしてもう一つ、先生がここで帰還した処がどこだったのかも明確に描かれているからだ。それを知っていただくには、まずは詩のすべてに触れていただかなければならないので、ここに再掲載する。

帰還

秋谷 豊

レイテ湾海戦前夜の暗夜の空を
逃亡兵のように内地に帰還したわたしは
卑怯者だったか
嵐と雷鳴につつまれた母艦から

飛び立ったまま　二度と帰らない
同期の友よ
空に稲妻が炸裂するカラコルムの氷河から
二度と帰らない　山の仲間よ
きみは勇敢な兵士だった
行方しれずのわれらの青春よ
きみらはいま　どんな永遠の岸辺を横切っているか
戦場でも　山でも　死ねなかったわたしは
臆病者の自分を叱咤する
許せ　友よ　と
だが　八十有余年
生きてきたことに　何の悔いがあろう
けれど　遠い遠いわだつみの声は
わたしの耳の中で激しく空鳴りする

戦後の六十二年目の冬の初めに
わたしは前立腺癌重度の宣告を受けた
「大丈夫だ　体力はしっかりしている」
地割れした断層のような映像画面を　しげしげと眺めながら
軍医上がりのような口調で
若い医師は言った
病院の帰り　わたしはゆっくりと並木の道を歩いた
不思議と　悲しみも　安らぎもなかった
わたしはこの日を待っていたのかもしれない
はるか秩父の山脈の彼方に　大きな落日の夕映え

父もいなければ　母もいない
青葉の濃いかげの暗い部屋に
わたしの少年時代があった
木の下闇の生まれた家は　もうどこにもないが

わたしは雲のふるさとに帰還してきたのだ
幼い少年の体にしみたほのかな母の匂いに
わたしの土の塊のような影は落ちた
「わたしはこれからも生きる」
影が光　ここでは光が影に見えた
まぎれもない　現実の影であった

（「方位」Ⅷ号　二〇〇七年三月三十一日　風塵舎発行　に掲載
『詩と思想・詩人集　二〇〇七年』二〇〇七年十二月一日　土曜美術社出版
販売発行に転載）

秋谷豊の生《せい》、特に青春は、死にあふれていた。大きなものとして戦争があげられる。秋谷先生が初めて軽井沢に堀辰雄を訪ねたのは一九四一（昭和十六）年のこと、その年の十二月に日本は米国に宣戦布告したのだ。入隊を目前にひかえて先生が一番会っておきたかった文学の先人は堀辰雄だったのだ。一九四二（昭和十七）年、二十歳のとき、日本大学予科を中退し海軍省に入る。終戦まで軍隊勤務を転々として応召することもあったが、戦地に赴くことだけは免れた。同じ部隊で戦地に赴き、死んでいった戦友を想うとき、秋谷には「私は死ねなかった」という気持ちがいつも存在していたのだと思う。

そして戦前には、結核という伝染病が身近にあり、かかればほとんど死ぬという「死病」として恐れられていた。結核が衰えたのは、戦後ペニシリンなどの抗生物質が誕生してからである。しかし、秋谷豊は結核にかからなかった。強靱な身体を持っていたのである。

また、秋谷先生はアルピニストで、実際海外の山々にも遠征されている。そうしたなかで、多くの山の仲間を喪った。私は秋谷先生と谷川岳に行ったことがあるが、そのとき先生の口から、「僕は十七回ここに登っています。谷川岳は、海外遠征の練習の場所だったのですよ」という言葉を聞いたし、天神平からタクシーで下山するとき、わざわざ遭難した人たちの慰霊碑のところで下車し、刻まれた氏名を一つ一つ食い入るように追っていた先生の真剣なまなざしを忘れることができない。

秋谷豊先生は、「戦争で死ねなかった自分」、「山で死ねなかった自分」を生涯「痛み」として抱えて生きてこられたのだと想う。

そんな先生が自ら癌宣言された。しかも重度だ。ここで初めて先生に「死ぬ」という事実がクッキリと姿を現したのだ。

病院の帰り、ゆっくりと黄昏の並木を歩く先生に、不思議と悲しみも安らぎもなかった。きっと先生はこの日を待っていたのだ。先生はようやく戦争で死んだ友、山で死んだ友の許《もと》に行けるのだ。その先生に在るものは、はるか秩父の山脈の彼方にある大きな落日の夕映えだけだ。

先生が帰ってきたところは少年時代だった。少年時代に過ごした家、そこに居た母のほのかな匂いの裡に帰還してきた。それは、雲のふるさとだ。先生は最後にふるさと、すなわち母の胸に帰ってきて、心から安堵したのだと想う。

「帰還」は、先生が最後にたどりついた場所《ところ》を示す大切な詩作品である。

（註記）

秋谷先生は自らの癌について次のように記している。

「昨年の十一月、地球の詩祭２００６の前々日、私は前立腺ガン重度94の宣告を受けた。地球の詩祭の役目を果たし、山積する取材、執筆講演、毎月の詩の選や文学賞選考など、仕事を片づけてから、年も明けた一月より通院して、治療を開始した。

私は不思議と平静であった。戦争でも、山でも、死ななかった私は、心の深い所で、この日を待っていたのかもしれない。が、まだ死ぬわけにはゆかない。私はガンと対峙し前進した。四月には数値が0.1に下がり、ガンは消えてしまった。私は今日を生きる。そして明日も――。たくさんのお励ましを下さった皆様、本当にありがとう。

（秋谷 豊）」

（「地球」第一四四号「編集後記」より引用）


（二〇一八年五月十日　初稿）

（二〇一八年七月九日　最終決定稿）

(五) 秋谷 豊先生の「ランプ」は「洋燈《ランプ》」

二〇一一年十月十六日、「第一回ランプ忌」が詩《し》鴗館《りゅうかん》[*1]で開催されたのだが、その後の懇親会の席で、私は石原武先生と偶然同じテーブルになった。そして、着席してすぐに石原先生が、「秋谷さんのランプは〈ヨウトウ〉なんだよな」とおっしゃるというより叫ばれたのである。続けて、「そう、ヨウトウなんだよ」と三、四度おっしゃって、さかんに自らコックリうなずいて納得されていた。先生の声は高く、大きな声だったので、当日は四十人くらい参加者が居て、会場のかなりの人々に聞こえたと想うが、反応はまったくなかった。しかし、私は何となく〈ヨウトウ〉を「洋燈」と捉え、ひとりでうなずいている先生に共感を覚えたのである。

後日、その共感の源がはっきりした。堀辰雄の詩のなかにあったのだ。

僕は歩いてゐた
風のなかを

風は僕の皮膚にしみこむ
この皮膚の下には
骨のヴアイオリンがあるといふのに
風が不意にそれを
鳴らしはせぬか

硝子の破れてゐる窓
僕の蝕歯よ
夜になるとお前のなかに
洋燈《ランプ》がともり
ぢつと聞いてゐると
皿やナイフの音がしてくる

（『堀辰雄詩集』）

私は文学者のなかでは堀辰雄が一番好きであり、生前、秋谷先生から先生も堀辰雄から文学に入ったと直接聞かされていたから、堀辰雄のこの詩の「洋燈《ランプ》」に自然に引き寄せられていったのだろう。石原先生は、堀辰雄の「洋燈《ランプ》」が秋谷豊に引き継がれていることを満身の力を込めておっしゃっていたのだ。

〈秋谷さんのランプは〈洋燈《ようとう》〉なんだよな〉

もしかしたら、そのことを皆に伝えたかったのかもしれない。

この後、私は「洋燈《ランプ》」が秋谷先生の裡にどのようにしのび込み定着したのか、すなわち、秋谷豊の詩にどのように登場するのか、気になってしかたがなかった。

そこで、秋谷豊の第一詩集『遍歴の手紙』（一九四七〈昭和二十二〉年五月三十日発行・岩谷書店）、第二詩集『葦の閲歴』（一九五三〈昭和二十八〉年十二月一日発行・新文明社）に対象を絞って調べてみた。なぜなら、初期の詩にこのことが鮮明に現れていると考えたからである。

その結果、「洋燈」が初めて出てくるのは、詩集『葦の閲歴』の二番目に配列された「北國」であることが分かった。

北國

ざわめく防風林の奥
射ちおとされた野鴨の兩眼に
白い霧が凍つていた

洋燈の冷たい流れに涵つて
ぼくは沈欝な來歴を書き終えた
夜どおし　枯草の中で

死ねない野鴨が羽ばたく
ぼくは寝返りばかり打つていた

そしてもう一篇は、同詩集の六番目に配列された次の詩だ。

夕映え

立原道造に

誰も信じてくれないので
おまえは眠る
書顔のように眠る
遠い落葉松の奥に
森の焦げる季節は過ぎた
道は輕便鉄道の踏切をまがり
道は荒れた火山灰地に消えている
その果に歩いている人は誰もない

庭の木椅子に凭りかかつて
きみはフランス・ジャムの詩を讀んだ
きみは銹びた洋燈の匂いを嗅いだ
夏の陽はうしろむきの肩に昏れのこつて
そこだけ　いつまでも明るい
身をおこせ
立原よ
今夜も歌をきかせてくれ

以上二篇の詩に、「洋燈」が使われていたのだ。ただ、二つとも「ランプ」とルビがふられていない。しかし、国語辞典[*2]をひいてみると、「ランプ」が「洋灯」であることがわかる。「洋灯」＝「洋燈」と考えてさしつかえないであろう。

ところが、こうして調べているうちに、新たな発見があった。「ランプ」という表現で現れる詩がかなりあったのである。これは、第一詩集『遍歴の手紙』から始まる。この詩集の二番目に配列された「小さな家」にまずそれは見られる。

小さな家

小さな家は古い樹の下に眠つてゐる
庭をめぐつて草叢がゆれ
辛夷の花の匂ひ
少年はひとり
今夜も笛を吹いてゐる

父は遠いビルマ
笛の音は風にのつて
石や木や墓標の上に

流れるだらう

辛夷の花のはうへひらかれた
田園の窓
母は默つて暗いランプに火をいれた

そして、同詩集最終配列詩・散文詩「夜の宿」には、

夜の宿

（前略）夜は原稿用紙を閉ざすやうに、机の上のランプばかり眠らせて、こつそりと窓の外へいつてしまふ。（後略）

とある。
次に、第二詩集『葦の閲歴』ではどうだろうか。

まず初めに、第一小節「愛と死の歌」に最終配列してある「蕾の歌」をあげよう。

蕾の歌

（前略）

凍えるベッドの中に　二人はだまつて向き合う　夜の中で人は燈火を見失うことがあるものだ　重たい翅音を立てて一ぴきの蛾が　部屋のランプをたたく　火は間近に燃えながら　冷たく搖れるにすぎないが　人は追憶に血を流させることもできるのです
——こわれたランプは　閉ぢこめられた胸の中は照らさないものなのね　あのひとはうら悲しいひとの妻であつた（以下略）

（詩集　配列　12番）

次に第二小節「手記」の最初の配列「黒」のⅡ、

黒

Ⅱ

（前略）

ランプの下で　二人は罅いさがつた一匹の蝶を見ている　そこだけうすぐらい翳を落して　乾いた鉛の季節は　過ぎているのだ　精神は喰べのこされた種子のように　傷つき　空しく別れた街角でメロンが匂う（以下　Ⅲ、Ⅳ略）

（詩集　配列　13番）

さらに、第三小節「夏の主題」所収の「海」では、

（第一節略）

夜　ランプをかしげ

椅子に坐ると
耳鳴りの底で
波のさわぐ聲がきこえる
（中略）

人間は幻影にすぎないのだ
ランプを吹き消して
暗い顔が　ひとつ
重たい眠りの底に沈んでゆく
生涯は岸壁に漂着した
あの鷗であったかもしれぬ

（詩集　配列　25番）

以上のように、「ランプ」はしばしば使われている。そして、『ランプの遠近』という標題の詩集（昭和五十六〈一九八一〉年五月一日発行　限定七百部　発行所・さきたま出版会）さえある。それは、秋谷豊の深淵で成立した「洋燈《ランプ》」が、漂白された形であると言えよう。「秋谷豊忌」の参加者一人ひとりに平等にささげるものであることを想えば、「ランプ忌」の表記が最も適切であろう。

しかし、詩人・秋谷豊の内奥に存在したものが「洋燈《ランプ》」であったことを私・たちは忘れてはならない。また、そのことを全身全力でもって教えてくれた石原武という詩人がいたことを、各々の胸にしっかりと刻みとめておかなければならない。秋谷豊の無二の詩友であった石原武という詩人を。

＊1　詩鴗館《しりゅうかん》　秋谷豊先生の浦和の自宅だったもので、現在は息子の秋谷千春《ちはる》さんご夫妻が住まわれる。お二人は資料を整理し、「詩鴗館」と名付けて私設の「秋谷豊文学館」として保存し、一般に公開している。

＊2　ランプ　①洋風の灯火。石油を燃料としガラスのほやでまわりをおおう。▽「洋灯」と書くことがある。　「岩波国語辞典」第六版より。

（二〇二〇年一月七日　初稿）

（二〇二〇年二月十二日　決定稿）

三　追想の秋谷豊

「世界」と融合した「地球」
――「地球の詩祭―世界詩人祭２０００東京」に寄せて――

私の住んでいる前橋市から東京に向かうのに、とても便利なバスがある。ＪＲ前橋駅南口から出る高速バスで、終点は池袋駅東口、二時間四十分で着いてしまう。二〇〇〇年十一月三日朝八時、このバスで出発、目的は「地球の詩祭―世界詩人祭２０００東京」に参加させていただくためだ。

関越高速道路をひた走る車窓の風景に漠然と目をやりながら、一九九六年八月に、私の故里・前橋で、日本で初めて開催された「世界詩人会議」のことが走馬灯のように脳裡をめぐりつづけた。実際、あの大会を中心となって、そして縁の下の力持ちとなって支えてくれたのは、他ならぬ秋谷豊先生（開催委員長）をはじめとする「地球」同人の方々だったのだ。

「地球」127号
平成十三（二〇〇一）年六月二十日発行
総特集「世界詩人祭２０００東京」

皆さんの顔が目に浮かぶ。会いたい気持ちがつのる。

地下鉄に乗りダイヤモンドホテルに着いた。受付で田中眞由美さん、星善博さん、伊集院昭子さんに会う。やあ、しばらくでしたね、と写真をパチリ。田中さんには先日「日本詩人クラブ創立五〇周年東京詩祭」でお会いしたばかりだが、星さん、伊集院さんと「世界詩人会議」以来の邂逅、三人で裏方の本の販売を汗を流してやりましたよね。

会場に入れば岡野絵里子さんが秋谷先生の隣りで一所懸命通訳の仕事をなさっている。「世界詩人会議」のとき、朔太郎橋上で行われた野外朗読会で、怒濤のように押し寄せてくる海外の詩人たちを森田進さんと私とで整理する過程で、卓抜な通訳で助け、乗りこえさせてくれた岡野さんの真摯な表情が重なる。

外のロビーに出れば、白石かずこさんにばったりお会いする。五日前の「萩原朔太郎賞贈呈式（江代充氏受賞）」で、会場の前橋文学館（筆者の勤務先）でお世話になったばかりだ。原田道子さんとは同人誌の話。菊田守さん、秋谷先生の奥様、新延拳さんにもお会いでき、充実したお話ができた。大石規子さんには「記念展」の会場でめぐり合えた。「世界詩人会議のとき行ったあの紅茶屋さんにまたぜひ行きたいわ。来年はそちらで国民文化祭があるし、打ち合わせ会議もあるから」。「またお世話になります。そのとき必ず」。

秋谷先生と二人でお話しできたとき、先生は「あの前橋での世界詩人会議で培われたものが、ここに開花しているのだと思います」とおっしゃってくれた。まさにそのとおりだが、開花するまで着実に発展させてきた「地球」の血のにじむ努力がすばらしいのだと私は思う。「地球」は、今まさに「世界」と融合されたのだ。この「地球」に心から乾盃!! そして、「世界の詩」を牽引する「地球」として、さらに大きく豊かに育ってほしいと念ずるのである。

（二〇〇一年六月二十日、「地球」第127号に掲載）

「五十五年の継続」という重み

――アジア環太平洋詩人会議に参加して――

昨年、「地球」が創刊されて五十五周年を迎えられた。これはすごいことである。なぜなら、一つの詩誌が五十五年も継続したことを示しているからだ。

詩を書き継ぐという行為に視点を移してみれば、自ずとわかるであろう。五十五年間、詩を書き続けている人が何人いるか。私にしてみてもまだ四十三年間である。昨年、自分の初めての評論集『立原道造』を上梓したが、それとて二十五年の歳月しかかけていない。それでも出した直後はもぬけの殻のようだった。だが、これは二つとも個の領域のことである。これが同人誌ともなれば、一度同人誌を主宰した方ならよくおわかりになるだろうが、集合体を維持していく困難さは計り知れないものがある。それを背負いながら「地球」が五十五年も継続したということはとてつもなく重いもの、そこから自ずと生じる偉大なオーラを私は感じる。

私を「地球」に引きつけたのは、秋谷豊さんという傑出した詩人の存在に他ならないが、「地球」と深くかかわり、多くの同人の方々と知り合えたのは、一九九六年に日本で初めて、私が生まれ育ち今も生きるこの前橋市で開催された「第十六回世界詩人会議日本大会」においてだった。開催委員長は秋谷豊さんだった。私はこの大会を実行委員としてお手伝いさせてもらったのだが、そこで石原武、大石規子、鈴木豊志夫、岡野絵里子、星善博、梁瀬重雄さんのような良質な詩魂に邂逅できたことはありがたかった。そして、今日に到るまでお付き合いさせていただけていることはまさに至福である。この世界詩人会議は、「地球」同人の多数の人たちが縁の下の力持ちとなって支えてくれたからこそ成功裡に終わったのだ。八十数か国から放たれた詩魂が焦点を結び、この三日間に新たな生命《いのち》を備えた希望の矢として世界のすみずみに至るまで解き放たれたのではなかったか。

継続はまさに力である。ここで培われたものを歳月を重ねながらさらに深めて、「アジア環太平洋詩人会議二〇〇五東京」は催された。それは、「地球」創刊五十五周年を記念するものでもあった。私は仕事の都合で遅れて駆けつけやっと記念パーティーに間にあったのだが、テーブルの間を行き交う異った民族の生き生きとした笑顔の裡に、世界の詩人たちが今まさに「心」の大切さを大事に育んでいることを知ったのだ。

今、日本をふりかえれば、日々いたく感じるのはこの「心」のはてしない喪失である。仕事や日常の暮らしのなかで、もう日本は駄目だと思うことがしばしばである。しかし、他方では「地球」ががんばって、世界の良質な魂を引き寄せ、一点に結ばせようとしている。

「地球」に心からありがとうと言いたい。

（二〇〇六年六月二十日、「地球」第141号に掲載）

前橋から「地球」、そして前橋へ

赤城颪が吹き抜く。私の住んでいる「前橋」という荒寥たる田舎町を。つんざいて渡る。この冬、初めての烈風、赤城颪だ。朔太郎や恭次郎や元吉を産み出したもの。伊藤信吉さんに「この冬初めての赤城颪ですよ」と電話したくなったが、伊藤さんはもういらっしゃらないので、ひとり外に出た。風のなかを歩いてきた。風の針で全身を清めてきた。秋谷先生、この風は埼玉の地、あの懐かしい「地球」の故里・浦和まで届いていますか？「地球の詩祭2006」のご案内と招待券を秋谷先生から送っていただいたとき、心底嬉しかった。なぜなら、大阪の倉橋健一さんが第三一回地球賞を受賞され、その贈呈式が行われるからである。倉橋さんは、私の個人誌「方位」に昔から毎号詩をご寄稿くださり、二〇〇五年刊行の第Ⅵ号には優れた詩「草原にて」をいただいたが、これがその年の現代詩手帖「現代詩年鑑２００６」の〈アンソロジー２００５〉に収録された。そして、この作品は倉橋さんの詩集『化身』の巻頭に置かれ、この詩集が地球賞を受賞されたのである。文芸雑誌の編集者、発行者としてこれに勝る喜びがあろうか。私は倉橋さんにまだ一度もお会いしていない。倉橋さんにお会いしよう、「おめでとうございます」と言って手を握ろうと思った。

二〇〇六年十一月十八日、私は仕事で前泊した東京から直接「ラフレさいたま」に着いた。早い昼食をすませ、会場の前で倉橋さんの到着を待った。エレベーターでみえるのかと思っていたら、突然階段から現れた。「前橋の久保木です」と言うと、「おう」と破顔になり、向こうから手をさしのべてくれた。堅い握手。熱い握手。その後、人が入れ替わり立ち替わりで、少ない会話で終わったが私の心は満たされていた。

第２部の「文学放談」で、新川和江さんが「方位」の次号に送ってくれた自詩について語られた。高齢になると、最後の着地の難しさを感じる。それで、しばらく原稿依頼をおことわりしてきた。伊藤桂一さんの最近の詩で開眼して、でも、うまくできたかしら？　新川さん、すばらしい着地ではないですか!!　その後の「詩の自由時間」で私はスピーチさせていただいた。先ほどの「草原にて」のいきさつについて語り、次に秋谷先生の二冊の詩集『登攀』『降誕祭前夜』を皆さんに掲げ示し、秋谷先生の詩の原点はこの二つに在る、一つは山に真向かう精神、もう一つは優しさの抒情だ、とお話しした。休憩時間に煙草を吸いにいくといつも安藤元雄さんがいて、また貴重なお話を伺えた。

懇親会で長谷川龍生、北岡淳子、原田道子さんたちと楽しく語って、二次会の群れを見失って、帰橋した。

（二〇〇七年六月三十日、「地球」第144号に掲載）

秋谷 豊先生

二〇〇八年十一月二十二日（土）、今は夕方の五時三十五分、自室でこれを書いている。

秋谷豊先生の葬儀に行ってきた。帰ってきてほとんど時間をおかずにこれをしたためている。ポッカリと身体に心にあいてしまった空洞はやはり埋まらない。

前橋文学館の小林君から電話をいただいたのが二十日の午前、まったく知らなかった。絶句した。小林君が前橋文学館に届いたファックスを転送してくれて、今日の告別式に参列できた。午前十時半から十一時半まで、浦和の「セレモニーホール浦和」で行われた。奥様もやっと立っているほど弱られて、でも私が声をかけると、「久保木さん！」と憶えていてくれ

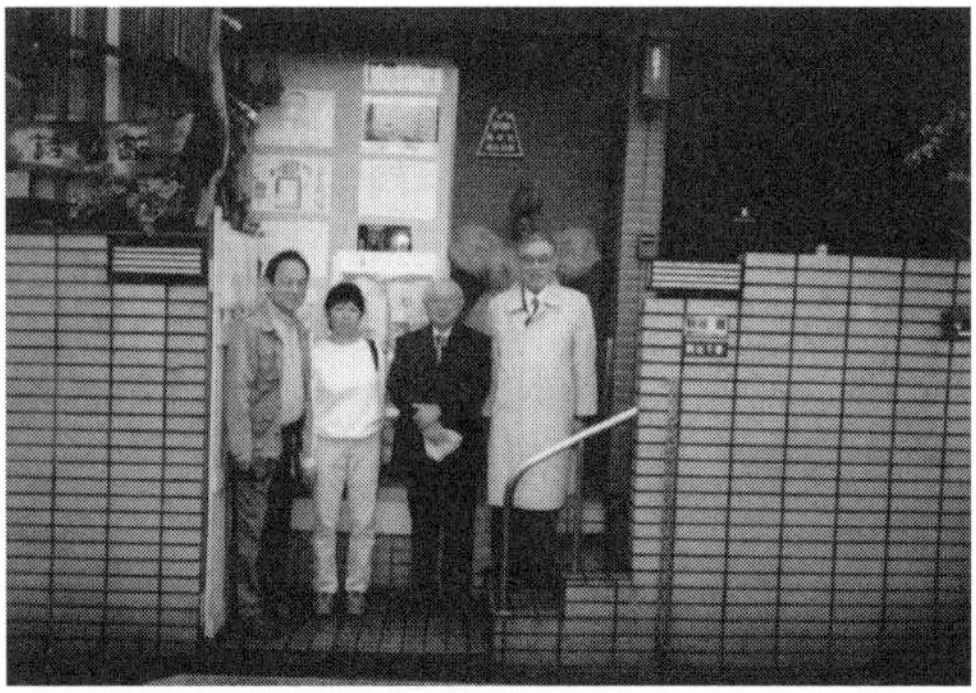

二〇一一年四月二十三日
秋谷 豊「詩鴗館」入り口にて
左より　秋谷千春・徳子ご夫妻、宮沢肇、久保木

て……。たくさんの人たちにお会いした。新川和江さん、伊藤桂一さん、丸地守先輩、宮沢肇さん（長野県上田市から今日来られたとのこと）、石原武さん、中村不二夫さん、中原道夫さん、原田道子さん、北岡淳子さん、佐川亜紀さん、岡島弘子さん、田中眞由美さん……。前橋市から教育長、増田文化国際課課長、中野さん。前橋市は、「若い芽のポエム」で、始まったときから今日まで秋谷先生にお世話になり続けたのだ。秋谷先生に選考委員長をしていただいていたのだ。

読経の間、うつむいて、昨日「石の店　チエ」の社長・安藤千枝子さんからいただいた石の数珠を握りしめて、でも頭のなかは軽井沢に行ったときのことや何やらが走馬灯のように浮かんできて、目がうるみっぱなしだった。いつの間にかお焼香の番が来て、「先生が私を育て続けてくれたように、今度は私が若い人たちを育てていきます」とだけやっと言えた。

出棺前に最後のお別れをさせていただいた。拝顔することができた。おだやかに眠っておられるきれいなお顔だった。その左脇に、頬に触れそうなところに一輪菊花をささげた。

出棺を見送った。ブゥーウと出発の音がひびいた。合掌をといて、深々と頭をさげた。「ありがとうございました」「僕、がんばります」とたぶん言っていたのだろうか、よく憶えていない。ただただ哀しかった。

この日はこのあと、なんと「地球の詩祭」だった。身体から力が抜けてしまってフラフラしていたが、丸地守さん、宮沢肇さん、そして今日初めてお会いした黒羽英二さんと一緒にお昼を食べて、せっかく招待券を送っていただいたのだからと気を取り直し、埼玉副都心駅でおりて、田中眞由美さんと石の話をしたりしながら「ラフレさいたま」で地球賞の贈呈式に参加して、一部が終わったところで会った岡野絵里子さんに、「これで今日は失礼します」と挨拶して、他の方々にも挨拶して帰橋した。

今、一口日本酒「鶴齢」に口をつけたが、ポッカリあいた空洞はそのままだ。電話をすれば、「あ、久保木さん……」と秋谷先生の声が聞こえてくるような気がする。

ならば、今はそこを漂っていよう。

あなたは太陽のような人です
優しくて暖かくて
あなたは岩石のような人です
強い　とても強い
わたしはあなたの口から弱音を聴いたことがない
そうして
二十年余りもわたしを包んで
育ててくれました
日本文藝家協会の会員になれたのは
あなたのおかげです
一九九六年の夏
日本で初めて
この前橋で開催された第十六回世界詩人会議の時には
わたしに実行委員をゆだねていただき
その時記念に発行したわたしの第八詩集『風に』には

二〇一一年四月二十三日
「秋谷　豊―地球の詩人」企画展　さいたま文学館
左より　秋谷徳子・千春ご夫妻、久保木

栞の形で御言葉をいただき
「風の詩人」とわたしを呼んでくださいました
薄い葉っぱのような『風に』に
そこにちょうど収まるように二つ折りされた栞文は
優れた上州詩人論でもあります

秋谷先生
本当にお世話になりました
また　どこかで　会えますよね
きっと

（二〇〇八年十一月二十二日）

二〇一二年十一月七日
「第二回秋谷豊賞」授賞式　北浦和カルタスホールにて
左より　秋谷千春、鈴木豊志夫、宮沢肇、菊田守、久保木、大石規子

あとがき

秋谷豊先生、先生は私を温かく包みこみ、豊かに育ててくれた恩師です。先生とは「詩の世界」で知り合いました。私は、「地球」に一年ほどしか属さなかったのですが、先生はそれ以外の処でも、すべての方位から私を慈しみ、育ててくださいました。なぜ、そんなにしていただけたのか、今でもよくわからないのです。ただただ、深く深く、感謝申し上げる次第です。

お礼の気持ちで、今まで秋谷先生について書かせていただいたものを、ここに一冊にまとめることができました。

嬉しかったのは、ご子息の秋谷千春《ちはる》さんからお声をかけていただき、秋谷豊公式ホームページ「秋谷豊　詩鴗館」（一年で百万回以上のアクセスがあるとのこと）に「秋谷豊　その遍歴と構築」と題して、「寂寥の彼方へ」と「軽井沢再訪と抒情の完結」の二つの文章を載せていただいたことです。二つとも、私が原稿用紙に書いたものを、千春さんがパソコンで打ってくれて、ホームページに登載してくれたのです。二人の共同作業の成果です。なんとありがたいことでしょう。

次に続く二つの文章（本書の㈢、㈣）も載せさせていただく予定で進めてきましたが、千春さんの了解を得て、ここに未発表として掲載させていただきました。

また、この本を飾ってくれた秋谷先生のイラストも、千春さんから提供していただきました。千春さん、奥様の徳子《のりこ》さん、本当にありがとうございます。

出版にあたり、私の気持ちを心良く受けとめてくれて、新型コロナウイルスの蔓延する困難状況のなか、この本を創り上げてくれた土曜美術社出版販売の高木祐子社主、およびスタッフの皆様に心から御礼申し上げます。

早いもので、今年は秋谷豊先生の十三回忌にあたります。この大切な節目に、万感の思いを込めて、この本を先生の御霊にささげます。

西紀二〇二〇年五月十九日

枇杷が熟れつつある国領の庵にて

久保木宗一

初稿掲載一覧

一　秋谷先生のこと　　未発表、二〇一一年四月二十一日最終決定稿

二　秋谷　豊　その遍歴と構築

(一)　寂寥の彼方へ　　秋谷豊公式ホームページ「秋谷　豊　詩鴗館」、二〇一六年八月

(二)　軽井沢再訪と抒情の完結　　秋谷豊公式ホームページ「秋谷　豊　詩鴗館」、二〇一七年五月

(三)　一つの発見　　未発表、二〇一六年十月二十三日最終決定稿

(四)　秋谷　豊先生の癌公表の詩をめぐって　　未発表、二〇一八年七月九日最終決定稿

(五)　秋谷　豊先生の「ランプ」は「洋燈《ランプ》」　　未発表、二〇二〇年二月十二日決定稿

三　追想の秋谷　豊

「世界」と融合した「地球」

「地球」第127号〈総特集　世界詩人祭2000東京〉、二〇〇一年六月二十日

「五十五年の継続」という重み

「地球」第141号〈特集　アジア環太平洋詩人会議に参加して〉、二〇〇六年六月二十日

前橋から「地球」、そして前橋へ
「地球」第144号〈特集 地球の詩祭2006〉、二〇〇七年六月三十日
未発表、二〇〇八年十一月二十二日執筆
秋谷 豊先生

著者略歴

久保木宗一（くぼき・そういち）

一九四八年、群馬県前橋市生れ。

詩　集『悲しみのない世界』（一九七四年・私家版）

『出発』（一九七六年・私家版）

『ひよめく闇に』（一九七八年・国文社）

『佇む季節』（一九八三年・砂子屋書房）

『秋風』（一九八六年・崑崙社）

『飛砂の町』（一九八八年・崑崙社）

『前橋』（一九九三年・崑崙社）

『風に』（一九九六年・風塵舎）

『暮れなずむ路上』（二〇〇九年・書肆山田）

『郷土望景詩集 前橋憧憬』（二〇一六年・風塵舎）

評論集『立原道造』（二〇〇五年・風塵舎）

『詩《うた》のまち　前橋』前橋学ブックレット⑭（二〇一八年・上毛新聞社）

エッセイ・記録・詩集『東北・関東（東日本）大震災の中で』（二〇一一年・風塵舎・限定七十七部）

共　著『写真集群馬　帰郷』（一九九六年・群馬県）
『群馬の詩人たち』（一九九六年・上毛新聞社）
『信濃追分紀行』（二〇一二年・風塵舎）
監　修『郷土前橋の詩歌』（平成九年・十四年改訂版・前橋市教育委員会）
記録集『第十七回前橋文学館講座「朔太郎の俳句と抒情」講師＝清水哲男』（二〇〇六年・風塵舎）
『妖かしの世界』対談＝長谷川龍生他（二〇〇九年・風塵舎）
紙芝居『前橋が産んだ世界詩人　萩原朔太郎』（二〇一七年・NIPPON ACADEMY 出版室発行）
『私たちの故里《ふるさと》＝「水と緑と詩《うた》のまち」、前橋が産んだ童謡作曲家　井上《いのうえ》武士《たけし》』（二〇一九年・NIPPON ACADEMY 出版室発行）

〔二〇一二年、『信濃追分紀行』により「第二回 秋谷豊 千草賞」を受賞〕
・現在、綜合文芸雑誌「方位」を個人誌として編集・発行（休刊）中。
・第十六回世界詩人会議日本大会（一九九六年、前橋市において開催）実行委員。
現在、日本ペンクラブ、日本文藝家協会、日本現代詩人会、日本詩人クラブ、群馬詩人クラブ、前橋文学館友の会（元顧問）会員。

現住所　〒三七一―〇〇三三　群馬県前橋市国領町二―三―六

秋谷《あきや》 豊《ゆたか》 その遍歴《へんれき》と構築《こうちく》

二〇二〇年十一月十四日 印刷
二〇二〇年十一月十八日 初版第一刷発行

著　者 久保木宗一
装　丁 直井和夫
発行者 高木祐子
発行所 土曜美術社出版販売
〒162-0813 東京都新宿区東五軒町三―一〇
電　話 〇三―五二二九―〇七三〇
ＦＡＸ 〇三―五二二九―〇七三二
振　替 〇〇一六〇―九―七五六九〇九
印刷・製本 モリモト印刷

ISBN978-4-8120-2591-8 C0095
定価 本体二、〇〇〇円＋税